외로움으로 외롭지 않다

외로움으로 외롭지 않다

서현수 인생시집

● 차 례

1
그림자·발자국

길을 보면 길을 보지 못한다

길을 보면 길만 보지 주위를 놓친다
길은 가는거지 오로지 보는 건 아니다
사람을 보면 사람을 보지 못한다

1 물이 떠내려가지 폭포가 떠내려가는 건 아니다

사람이 떠내려가지 사랑이 떠내려가는 건 아니다
시간이 떠내려가지 운명이 떠내려가는 건 아니다
삶이 떠내려가지 죽음이 떠내려가는 건 아니다

2 혼자라서 외로운게 아니고 외롭다 하여 혼자인거다

떨어져서 더러운게 아니고 더럽다 하여 떨어진거다
져서 슬픈게 아니고 슬프다 하여 진거다
버려져서 틀린게 아니고 틀린다 하여 버려진거다

3 지금 시작인가 끝인가 중간도 아니고 휴식도 아니다

지금 봄인가 지금 가을인가 겨울도 아니고 여름도 아니다
지금 할 수 있는가 지금 할 수 없는가 알 수도 없고 모를 수도 없다
지금 살아있는가 지금 죽어있는가 살아있지도 않고 죽어있지도 않다

외로움으로 외롭지 않다

4 없는 사람 없고 태어나지 않은 사람없다

병없는 사람 없고 이상없는 사람없다
정없는 사람 없고 미움없는 사람없다
이유없는 사람 없고 같이없는 사람없다

5 시작이든 끝이든 뭔 상관이랴 먼저 먹는게 급하지

진심이든 거짓이든 뭔 상관이랴 먼저 싸는게 급하지
있든 없든 뭔 상관이랴 먼저 자는게 급하지
상관이든 무관이든 뭔 대수냐 먼저 아픔이 급하지

6 멀리 보는 순간 가까이를 보지 못하고, 없는걸 보는 순간
  있는걸 보지 못한다

앞을 보는 순간 뒤를 보지 못하고, 땅을 보는 순간 하늘을 보지 못한다
안을 보는 순간 밖을 보지 못하고, 큰걸 보는 순간 작은걸 보지 못한다
미움을 보는 순간 사랑을 보지 못하고, 불행을 보는 순간 행복을 보지 못한다

그림자 발자국

7 저절로 오는 사람은 없다 ......

저절로 오는 비는 없다 ......
저절로 도는 별은 없다 ......
저절로 가는 사람은 없다 ......

8 그리움으로 남은 사랑의 머묾도 잠시 삶으로 남을 기억의
  머묾도 잠시

외로움으로 남은 이별의 머묾도 잠시 아픔으로 남은 인연의 머묾도 잠시
분노로 남은 미움의 머묾도 잠시 기억으로 남는 삶의 머묾도 잠시
머묾도 잊혀진 기억의 삶도 잠시 기억도 잊혀진 머묾의 삶도 잠시

9 저절로 오는 돈은 없다

저절로 부는 바람은 없다
저절로 가는 밤은 없다
저절로 가는 돈은 없다

외로움으로 외롭지 않다

10 다 알지 못하고 살아가며, 아무 것도 모르진 않는다

다 보지 못하고 살아가며, 아무 것도 못보진 않는다
다 듣지 못하고 살아가며, 아무 것도 못듣진 않는다
다 하지 못하고 살아가며, 아무 것도 못하진 않는다

11 지구는 혼자 돌지 않는다 외로움과 함께 돈다

태양은 혼자 돌지 않는다 죽음과 함께 돈다
우주는 혼자 돌지 않는다 삶과 함께 돈다
사람은 혼자 돌지 않는다 사랑과 함께 돈다

12 우리는 하나다 지금의 나와 전생의 나와 후생의 나다

우리는 하나다 수많은 사람들 중의 하나고 지나가는 사람들 중의 하나다
우리는 하나다 존재하지 않아도 다름없는 사람들 중의 하나다
우리는 하나다 존재할 때나 존재하지 않을 때나 하나다

13 밤에는 하늘이 파랗지 않다 꽃은 그녀가 아름답지 않다

눈을 감으면 하늘이 보이지 않는다 등을 돌리면 눈물이 보이지 않는다
바람은 차갑지 않다 실려오는 공기가 차가울 따름이다
진실은 아프지 않다 자신의 아픔이 보여질 따름이다

14 비도 비를 맞는다

눈도 눈으로 덮힌다 사람도 사람으로 묻힌다
추워서 외로운게 아니라 외로워서 추운게 아니라
살아있어서 춥다 살아있어서 외롭다

15 높이 오른 새는 멀리 난다

높이 오른 사람은 멀리 본다
높이 솟은 나무는 햇살이 많다
높이 솟은 산은 눈이 많다

16 집착을 버리면 웃음을 되찾고 고향을 되찾는다

고집을 버리면 풍요를 되찾고 엄마를 되찾는다
버림을 버리면 안정을 되찾고 세상을 되찾는다
성취를 잊으면 꿈을 되찾고 자신을 되찾는다

17 나비는 눈을 맞지 못한다 그런 사람도 있다

나비는 높은 산을 오르지 못한다 그런 사람도 있다
나비는 멀리 멀리 날아다닌다 그런 사람도 있다
나비는 꿈을 꾸지 않는다 그런 사람도 있다

18 나무가 나무를 본다 사람이 나무를 본다 하늘이

나무가 하늘을 본다 사람이 하늘을 본다 땅이
나무가 땅을 본다 사람이 땅을 본다 내가
나무가 사람을 본다 사람이 사람을 본다 너가

그림자 발자국

19 드넓은 초원에 홀로 선 나무, 그 나무는 외롭지 않다

드높은 절벽에 홀로 나는 독수리, 그 독수리는 외롭지 않다
드푸른 바다에 홀로 가는 거북이, 그 거북이는 외롭지 않다
홀로 사는 사람, 그 사람은 외롭다 수많은 사람들 속이여도

20 외로워서 사랑하고 사랑하기에 외롭지 않다 몰라서 알고

추워서 옷을 입고 옷을 입어서 춥지 않다 알아서 알고
추워서 옷을 입고 옷을 입어도 춥다 알아서 모르고
외로워서 사랑하고 사랑하기에 외롭다 몰라서 모르고

21 진정한 외로움은 외로움이 아니다

진정한 슬픔은 슬픔이 아니다 잊혀진 슬픔이다
진정한 불행은 불행이 아니다 잊혀진 불행이다
진정한 외로움은 외로움이 아니다 잊혀진 외로움이다

22 내가 없었다면 이 땅엔 누가 있을까

내가 없었다면 누가 그대를 사랑하였을까
내가 없었다면 누가 그대를 위하여 울었을까
내가 없었다면 저 하늘엔 누가 있을까

23 사이에 있다

나무와 나무 사이 길과 길 사이 하늘과 하늘 사이에 있다
사람과 사람 사이 어둠과 어둠 사이 죽음과 죽음 사이에 있다
어제와 어제 사이 지금과 지금 사이 내일과 내일 사이에 있다

24 나비는 어디에도 없고 마음은 어디에도 없다

어제의 나비는 어제의 나비가 아니다 오늘의 나비다
오늘의 나비는 오늘의 나비가 아니다 어제의 나비다
내일의 나비는 내일의 나비가 아니다 오늘의 나비다

25 곡선의 부분은 직선이듯 지금의 부분은 과거다

지금에 과거가 묻어있듯 미래에 지금이 배여있다
미래에 과거가 묻혀있듯 과거에 미래가 묻어난다
모두 한 통으로 돌아가고 한 통으로 나타나며 통한다

26 내가 숨을 쉬고 있었구나 그렇게

밖에는 밖의 풍경이 있었구나 그렇게
안에는 내가 구석에 머물렸구나 그렇게
밖에는 밖의 세상이 돌아가구나 그렇지

27 너는 어떻니 잘 있니 여태 헤매고 있니

나는 어떻니 여태 헤매고 있니 잘 있네
우린 어떻니 잘 있니 여태 살고 있니
그들은 어떻니 여태 죽어 있니 잘 있네

28 어제의 나는 내가 분명하였던가 그러게 말이다

내일의 나는 내가 분명할텐가 그러겠지 뭐
지금의 나는 내가 분명한건가 그런거 같으다
분명치 않은게 더 분명하지 않는가 그러게 말이다

29 누구나 하나 밖에 없다 수많은 모래 중의 하나처럼

사랑도 하나 밖에 없다 수많은 이슬 중의 하나처럼
믿음도 하나 밖에 없다 수많은 바람 중의 하나처럼
삶도 하나 밖에 없다 수많은 죽음 중의 하나처럼

30 다 흘려갔네 세월도 꿈도 다 흘려갔네 아지랑이처럼

다 흘려갔네 사람도 희망도 다 흘려갔네 바람처럼
다 흘려갔네 사랑도 욕망도 다 흘려갔네 연기처럼
다 흘려갔네 해도 달도 다 흘려갔네 별처럼

31 살지 말아야 될 사람은 없다

할 말이 없는 입은 없다
들을게 없을 귀는 없다
볼게 없을 눈은 없다

32 안태어나고서도 삶을 누렸다는걸 그 누가 알랴

태어나서 삶을 누렸다는걸 그 누가 알랴
태어나서 죽음을 누렸다는걸 그 누가 알랴
안죽고서도 죽음을 누렸다는걸 그 누가 알랴

33 우리는 없다 우리는 없으면서 우리는 존재한다

영이 엄마, 철이네 차남, 3학년 2반 학생, 백마부대 이상병, 우리는 없다
바다에도 없다 하늘에도 없다 땅에도 없다 움직이는 사람들 몸에 있다
지금도 없다 내일에도 없다 전에도 없었다 움직이는 사람들 마음에 있다

외로움으로 외롭지 않다

34 도대체 내가 누구란 말인가 누구의 자식이란건 맞다

도대체 내가 무엇이란 말인가 자신을 의심하는건 맞다
세상사람 다 믿어도 자신은 믿지 않는다는 말인가
세상사람 다 안믿어도 자신만 믿으면 그만이란 말인가

35 스스로 내려놓으면 알아서들 내려놓는다 자리든 뭐든

내려놓아라 바라는건 스스로 내려놓지 못함이다 자리든 뭐든
내려놓아라는 내려놓음마저 내려놓아라 자리든 뭐든
내려놓는건 사람이 아니다 내려놓음 자체이다 자리든 뭐든

36 돈을 부처로 보는 사람이 있다 돈을 돌로 본다

여자를 부처로 보는 사람이 있다 여자를 돌로 본다
사람을 부처로 보는 사람이 있다 사람을 돌로 본다
부처를 사람으로 보는 사람이 있다 부처를 돌로 본다

37 다리가 많다고 멀리 가는건 아니다

팔이 많다고 일을 많이 하는건 아니다
눈이 많다고 다 보는건 아니다
별이 많아도 갈 별은 없다

38 쉽게 오는건 시간뿐이다

행운도 쉽게 오지 않는다 불행도 쉽게 오지 않는다
깨달음도 쉽게 오지 않는다 깨달음도 쉽게 잊혀진다
쉽게 가는건 시간뿐이다

39 바람도 울지 않고 모래도 울지 않고 울음만 운다

풀은 부러지지 않아도, 마음은 부러진다
피는 메마르지 않아도, 영혼은 메마른다
하늘은 찢어지지 않아도, 삶은 찢어진다

40 시간은 무엇으로 좌우하는가 공간은 무엇으로 존재하는가

시간은 제가 원래 있는게 아니고 공간도 제가 원래 있는게 아니다 시간은
제가 원해서 있는거고 공간도 제가 원해서 있는거다 시간은 공간으로
좌우하고 공간은 시간으로 존재한다 서로 없기로 하고 있기로 한다

41 시간없이 공간없고 공간없이 시간없다

시간과 공간은 따로 존재하지 않고 따로 좌우되지 않는다
우주는 시간과 공간으로 존재한다 시간의 요소는 불이고 공간의
요소는 물이다 서로 있기로 하고 파괴하고 없기로 하고 창조한다

42 그리움도 끊어주어야 하고 그러고 사는거야

사랑도 끊어주어야 하고 그러고 하는거야
미움도 끊어주어야 하고 그러고 가는거야
추억도 끊어주어야 하고 그러고 마는거야

43 잊혀지는 안타까움도 잊혀지겠지

꿈이여도 보고 싶다 그래도 희미해지겠지
미치도록 보고 싶다 그래도 멀어지겠지
죽고 싶도록 보고 싶다 그래도 잊혀지겠지

44 잊어주는게 사랑이다 떠나버린 너를

이제는 더 이상 너의 행복을 빌어주지 않겠다
이제는 더 이상 너를 기억하지 않겠다 행복마저
이제는 더 이상 너를 사랑하지 않겠다 꿈이라도

45 사랑하면 사랑이 아니다 사랑하지 않으면 사랑이다

사랑한다 말하지 않는 어르신들의 무거움, 사랑이어라
사랑한다 불나게 말하는 젊은이들의 가벼움, 아니어라
사랑은 사랑으로 살지 못하고 기억으로 살아, 남는다

46 사랑보다 더 큰 사랑은 사랑을 담을 그릇이다

빛보다 더 빛나는 것은 빛을 담을 자리이다
슬픔보다 더 슬픈 것은 슬픔을 담을 자리이다
미움보다 더 미운 것은 미움을 담을 그릇이다

47 외로움은 오래 되고 오래됨은 없다 그 자리뿐

내 삶은 아무데도 없고 네 삶은 뛰어들기다
내 흔적은 건너뛰고 네 자리는 그대로다
무엇이나 그대로지만 느리게 잊혀진다 황량하다

48 외로움으로 외롭지 않다

누구 외롭지 않는 인간 그 어디 있느냐 그렇다 그것이 답이다
모두 다 외롭다 그렇기에 모두 다 외롭지 않다 친구든 누구든
없어도 좋다 날이 있지 않는가 날만 있으면 밝음으로 널려있다

49 아는 만큼 분노하고 아는 만큼 슬퍼하고 아는 만큼 외롭다

하늘의 별 만큼 분노하지 못하고
하늘의 별을 뺀 만큼 슬퍼하지 못하고
하늘의 별을 모르는 만큼 외롭지 않다

50 그리움은 푸르름이었소

나무를 보며 희미해져가는 그대를 놓치지 않으려는건 푸르름이었소
하늘을 보며 잊혀져가는 그대를 놓아두지 않으려는건 젊음이였소
보름달 보며 그대를 붙들어 매려는건 바래지는 삶이였소 이별보다는

51 이루어질 수 없는 사랑은 없다 단지 떨어져있을 뿐

멀리 떠나보낸 연인을 간절히 부르는 슬픈 노래도 저린 기쁨이어라
죽음도 갈라놓지 못한다 단지 시간만 맞지않을 뿐 아린 행복이어라
내일도 사랑은 떠오른다 수많은 하루와 수없는 거품도 다 사랑이어라

52 외로움은 다시 태어나는 죽음이였소

처음에는 홀로란게 무엇인줄 몰랐소 다 홀로인줄 알았소
처음에는 가지는게 무엇인줄 몰랐소 다 비었는줄 알았소
헤어지고 잃고나서 외로움을 알았소 다시 태어나는줄 몰랐소

53 움직이는건 아프다 아픈건 죽는다 죽는건 움직인다

무서운건 사는거다 사는건 죽는다 죽는건 무섭다
입이 있어 울고 눈이 있어 눈물난다 열리는건 닫힌다
늙으면 고장나고 고장나면 아프다 흐르는건 멈춘다

54 묻자 묻자 묻자꾸나 단디 단디 묻자꾸나 빠져나올 틈도 없이

너와의 사랑도 싸움도 묻는다 이미 묻힌듯이 잊힌듯이 희미해졌어도
너와의 만남도 이별도 묻는다 이미 남인듯이 꿈인듯이 떠나버렸어도
묻자 묻자 묻자꾸나 단디 단디 묻자꾸나 우리는 누구였을까

55 코를 푸는거는 어떻게 알았을까 흉내였겠지

방귀를 뀌는거는 언제 알았을까 어려서겠지
하품을 하는거는 어디서 알았을까 태어나서겠지
살아있음을 왜 알았을까 죽음이겠지

56 구름은 마음이 없다 제맘대로 구름이 가지않고 만들어지지 않는다

바람은 마음이 없다 제맘대로 바람이 가지않고 만들어지지 않는다
세상은 마음이 없다 제맘대로 세상이 가지않고 만들어지지 않는다
사람은 마음이 있다 마음은 약하다 생각이 많을수록 약해진다

57 있어도 없어도 그만 주어도 못주어도 그만

지워도 못지워도 그만 원수든 빚쟁이든 사랑이든
있는건 있는대로 두고 없는건 없는대로 두고
날은 날대로 지나가고 마음은 마음대로 지나간다

58 물도 죽지는 않는다 다만 없어질 뿐이다

풀도 죽지는 않는다 다만 없어질 뿐이다
사람도 죽지는 않는다 다만 없어질 뿐이다
기억도 죽지는 않는다 다만 잊혀질 뿐이다

59 보는 것은 보이지 않는다 제 눈은 보이지 않는다

예술도 없고 마술도 없고 술 술만 있다
사랑도 없고 인생도 없고 담배만 있다
세상도 없고 지구도 없고 달 달만 있다

60 내가 누구인지 왜 아는가 나 아닌걸 알고 싶어서다

별은 제자리 그대로 있다 보이지만 않을 뿐
님은 언제나 그대로 있다 만나지만 않았을 뿐
태풍은 꽃이고 지진은 열매고 꽃은 자신의 색을 모른다 다

61 내가 내가 아니고 자네가 자네가 아니다 아무도 모른다

내가 내 아닐 수 있고 자네가 자네 아닐 수 있다 자신도 모른다
내가 자네일 수 있고 자네가 나일 수 있다 우리도 모른다
내가 아무도 아니기도 하고 아무도 아닌 것이 우리일 수 있다

62 공간이 낳은 시간, 시간이 낳은 공간, 낳지 않은 낳음

마른 영혼의 눈으로 바라보면 다 시들었다
굶주린 영혼의 눈으로 바라보면 다 비어있다
목마른 영혼의 눈으로 바라보면 늘 외롭다

63 태양이 없는 암흑은하라도 내일은 있다 눈만 뜨면 내일이다

내일은 바뀌지 않는다 내일은 대답하지 않는다
내일은 기다리지 않는다 내일은 죽지 않는다
내일은 후회하지 않는다 오늘이 지나지 않았다

외로움으로 외롭지 않다

64 한 때는 없었고, 구성원자로 없음으로도 존재하였다

한 때는 해였고, 바닷물로 비로도 내렸다
한 때는 공기였고, 유성으로 암흑으로도 존재하였다
한 때는 철이였고, 벌레로 사람으로도 살았다

65 아무도 없어야 할 자리는 없다

내가 없어야 할 자리에 내가 있고
당신이 있어야 할 자리에 내가 있고
아무도 없어야 할 자리에 누군가 있다

66 다음을 위해서 살고 다음을 위해서 죽는다

먹기 위해서 사는건 아니잖은가 먹으면서 생각하더라도
자기 위해서 사는건 아니잖은가 자면서 생각하더라도
태어나려고 사는건 아니잖은가 태어남이 없는 태어남 생각이 없는 생각

67 내가 가지않은 길도 있고 자네가 가지않은 길도 있다

내가 간 길도 있고 자네가 간 길도 있다 그렇다고 같은 길은 아니다
같은 길이라도 다 같은 길은 아니다 그렇다고 다른 길은 아니다
다른 길이라도 다 다른 길은 아니다 그렇다고 같은 길은 아니다

68 먹고 싸고 자고 그리고 잊고

마음이 슬픈건 이별이고 슬픈 만큼 흩어지고
마음이 아픈건 사랑이고 아픈 만큼 깊어지고
마음이 고픈건 외로움이고 고픈 만큼 멀어지고

69 슬픈 사랑은 메아리만 남는다

그 얼굴을 찾을 수가 있을까 이름도 기억나지 않는다
그 사랑이 있긴 있었는가 숨구멍마다 희열을 느꼈건만
죽은 사랑은, 그게 좋은건지, 메아리도 없다

70 사랑이 변하는건 당연하다 움직이니까 가꾸기 나름

반반은 없다 움직이는건 수시로 변하니까
사람의 마음도 똥누기 전후가 다르니까
반반은 수학적 정의에 지나지 않으니까

71 사랑이 거짓말을 하지않는다 그누가 거짓말 하랴

숫컷 물개가 사랑하면서 말한다 너를 사랑해
숫컷 사슴이 사랑하면서 말한다 너를 사랑해
그들이 말한다 너만 사랑해 사랑은 순수하고 순결하니까

72 사랑할줄 모르는 사람, 사랑이 무엇인줄 모르는가

고마워할줄 모르는 사람, 고마움이 무엇인줄 모르는가
미안할줄 모르는 사람, 미안함이 무엇인줄 모르는가
무엇인지 몰라서 그러는게 아니라, 모르는게 무엇인지 모른다

73 아픔보다 더 아픈 것은 없다

아무 것도 보이지 않는다 슬픔도 번뇌도 사랑도
아무 것도 하지 못한다 후회도 분석도 사랑도
아무 것도 들리지 않는다 자신의 신음뿐 사랑도

74 이 새나 저 새나 이 개나 저 개나 이 뇌나 저 뇌나

이 나무나 저 나무나 이 사람이나 저 사람이나 무뇌나 유뇌나
이 생명이나 저 생명이나 이 죽음이나 저 죽음이나 벗겨보면 똑같다
이 삶이나 저 삶이나 거의다 비슷하고 더러는 똑같고 더러는 옳긴다

75 대신할 수 없는 아픔, 대신할 수 없는 망각

아픔보다 더한 슬픔이 있다는게, 말을 잊는다
눈물보다 더한 웃음이 있다는게, 나를 잊는다
죽음보다 더한 고독이 있다는게, 우리를 찾는다

외로움으로 외롭지 않다

76 그 또한 기쁨이 아니겠는가 참을 수 있다는 것도

울고 싶을 때 울 수 있다는 것도
울고 싶을 때 웃을 수 있다는 것도
죽고 싶을 때 죽지 않을 수 있다는 것도

77 외로운... 지금의 자리가 그리움의 자리가 아닐까

사랑을 나누던 자리가 멀어져도 말이다
행복을 누리던 자리가 그리워도 말이다
또 다른 사랑과 행복이 기다리지 않을까

78 어디쯤 걷고 있을까 어디쯤 누워 있을까 어디쯤 생을
   마쳤을까

얼마나 시원히 웃었을까 얼마나 시원히 울었을까 얼마나 시원히 어울렸을까
누구를 진정 좋아했을까 누구를 진정 미워했을까 누구를 진정 알았을까
과거를 그리워할까 미래를 그리워할까 그런 그리움마저 마쳤을까

79 사랑은 길게 미움은 짧게 바램은 없게

기다림은 없다 똑같은 짓을 계속 하는거
그리움은 없다 똑같은 것을 계속 바라는거
외로움은 없다 똑같은 사람을 계속 찾는거

80 버려진 사랑, 제혼자 거닐다가 푸념만 늘어놓다

원시적이고 미개한 사랑이여 차라리 선호하리라 그대처럼
다 없어도 산다 사랑도 명예도 재물도 LIVE, LOVE
다 있어도 죽는다 사랑도 재물도 건강도 DIE, LIE

81 외로울 땐 맘껏 외로우시게 몸서리치도록

외롭지 않으려 하다가 사고가 생길 수 있으니까
어려운 길을 피하려다가 더 곤란해 지기도 하니까
늙지 않으려다 죽지 않으려다 더 빨리 겪기도 하니까

82 달을 보면 떠오르는 사람, 오랜 달로 지워지고

별을 보면 떠오르는 사람, 식은 별로 지워지고
하늘을 보다 떠오르는 고향, 지친 구름따라 흘러가고
바다를 보다 떠오르는 고향, 잊혀진 파도따라 부숴지네

83 그리움없는 그리움

나를 잊고싶어 하는 사람은 얼마나 많을까 나를 미워하는 사람은
얼마나 많을까 나를 모르는 사람은 얼마나 많은가 모르는 나를 그리워하는
사람은 있기나 할까 누구나 모르고 미워하며, 미워하며 그리워한다

84 그리워 마시게 이미 죽었네

그리워 마시게 죽어도 못만나네
그리워 하시게 그리움은 살아있네
그리워 하시게 그리움 속에 살아있네

85 헤매이고 있는 헤매이지 않음, 기다리지 않는 기다림

내 마음보다 먼저 와서 기다리는 그대여 언제나 텅 비어있는 마음이
그대의 자리였다네. 드 넓은 이 세상에서 어떻게 만나고 헤어졌을까
오늘도 어제처럼 텅 비어있고 내일도 오늘처럼 자리잡았네 덩그러니

86 정도 많으면 병이고 약도 많으면 병이고 돈도 많으면 병이다

빛도 많으면 병이고 물도 많으면 병이고 말도 많으면 병이다
웃음도 많으면 병이고 앎도 많으면 병이고 꿈도 많으면 병이다
없음도 많으면 병이고 벽도 많으면 병이고 털도 많으면 탈이다

87 해답없는 해답없듯, 문제없는 문제없으랴

살인자없는 살인없듯, 동기없는 동기없으랴
사랑없는 사랑없듯, 미움없는 미움없으랴
삶없는 삶없듯, 죽음없는 죽음없으랴

외로움으로 외롭지 않다

88 그것이 문제로다 문제가 문제되지 않도록 하는거

흔들리는 마음, 더 흔들 것인가 잠 재울 것인가
그것이 해답이다 해답이 해답되지 않도록 하는거
시간은 시간이 되지 않도록 무심, 공간은 공간이 되지 않도록 무정

89 슬픔이 다 가린다, 잠에 빠져들 때 눈을 뜨기가 힘든다

눈꺼풀이 너무 무겁다 죽음의 무거움이 다 몰렸나
눈을 뜨기가 힘든다 진실을 마주하고 싶지 않을 때
슬픔, 진실의 무거움이 죽음의 무거움보다 더 무거울 때

90 태어나지 않을 수 있었다는 것, 그것 또한 일상성이
아니겠는가

태어나지 않았다 하더라도, 그것 또한 항상성이 아니겠는가
죽었다는 것과 살았다는 것, 그것 또한 기대성이 아니겠는가
어떤 것도 없다는 것, 그것 또한 있는 것이 아니겠는가

91 하늘은 하늘에 있고 땅은 땅에 있고 자리는 머무는거

하늘이 땅에 있고 땅이 하늘에 있고 자리는 바뀌는거
사람은 사람에 있고 물은 물에 있고 물질은 머무는거
사람이 물에 있고 물이 사람에 있고 물질은 바뀌는거

92 성공하지 못한 사람은 아무도 없다

할 수 있는 것을 하는 것도 쉽지 않다
하지 말아야 될 것을 하지 않는 것도 쉽지 않다
이루지 못한 사람은 없다 쉽게 이루어지는건 없다

93 이쁘지 않은 이, 그 어디 있느냐

새는 새로 이쁘고, 꽃은 꽃으로 이쁘고
산은 산으로 이쁘고, 하늘은 하늘로 이쁘고
사람은 사람으로 이쁘고, 이쁘지 않은건 마음뿐이로구나

94 아름답다 내만 빼곤 다 아름답다

아름답다 다 아름답다 보고있다
보고있다 다 보고있다 아름답다
보이는 건 아름답고 아름다운 걸 내가 본다

95 아무리 좋은 사람이라도 접하는 사람마다 다르다

아무리 좋은 음악이라도 듣는 사람마다 다르다
아무리 좋은 그림이라도 보는 사람마다 다르다
아무리 좋은 글이라도 읽는 사람마다 다르다

96 달은 그대론데 사람들만 바뀐다 보름이라 그믐이라 반달이라

해는 그대론데 사람들만 바뀐다 여름이라 겨울이라 봄이라
별은 그대론데 사람들만 바뀐다 밤이라 낮이라 보임이라
바람도 그대론데 사람들만 바뀐다 차갑다고 뜨겁다고 허망하다고

97 이 세상의 모든 생명이 함께 하여 빛나고

어떤 이는 더러 죽으면서 살리고, 더러 살면서 죽이고
어떤 이는 더러 죽으면서 빛나고, 더러 살면서 빛나고
살면서 빛없어도 죽으면서 빛없어도, 한 생명은 모두의 생명이다

98 점이 선이 되듯이 찰나가 일생이 되듯이 우리도 찰나

선이 점으로 되었듯이 일생이 찰나로 되었듯이 순간도 일생
평행이 점점 나아가서 한 점으로 모아지듯 하나는 죽어나고
한 점이 점점 뻗쳐나와 둘로 평행으로 나누어지듯 둘이면 살아나고

99 색도 점이다 점을 들어내면 무색이다

생각도 점이다 점을 들어내면 생각없다
사랑도 점이다 점을 들어내면 들리지 않는다
불도 점이다 점을 들어내면 보이지 않는다

외로움으로 외롭지 않다

100 먼저 나를 용서하고 남을 용서하고 다 용서하시게

먼저 나를 내려놓고 남을 내려놓고 다 내려놓으시게
먼저 나를 보게하고 남을 보게하고 다 보게하시게
드넓은 대양을 바라보며 사색에 젖은 들소의 눈망울

101 무엇을 기다리느냐 기다리지 않아도 다가오는 늙음을 죽음을

무엇을 기다리느냐 사랑이면 마음이 젊고 돈이라면 마음이 늙어간다
무엇을 기다리느냐 아침이면 마음이 젊고 복수라면 마음이 죽어간다
무엇을 기다리느냐 기다리는거 없이 기다리느냐

102 지나간 지금이라도, 지금을 모으면 딴다

지금 이 거리를 걷고 있진 않을텐데, 그걸 알았더라면
지금 이 골목에서 서성이고 있진 않을텐데, 그걸 몰랐더라면
지금 이 지하에 갇혀 있진 않을텐데, 그걸 알았더라도

103 다름이 아니오라 다다름이오리이다

다름이 아니오라 따름이오리이다, 자름이
다름이 아니오라 나름이오리이다, 아니오라
다름이 아니오라 바름이오리이다, 이음이

104 묶은 이는 풀지 못한다 바람이 푼다

자른 이는 잇지 못한다 파도가 잇는다
울린 이는 웃기지 못한다 달빛이 웃긴다
끝낸 이는 끝내지 못한다(잘못, 바르게) 시간이 끝낸다

105 세상이 돌지 않는다 우리의 말이 맴돈다

지구가 돌지 않는다 우리의 꾀가 맴돈다
태양이 돌지 않는다 우리의 힘이 맴돈다
우리가 돌지 않는다 우리의 한이 맴돈다

외로움으로 외롭지 않다

106 이른게 이른게 아니고 늦은게 늦은게 아니다 다 그
   시각이다

선택은 자유라도 자유가 아니고 결과가 자연이지 아니해도 자연이다
탄생은 자연이라도 자연이 아니고 죽음이 자유가 아니더라도 자유다
성공은 변화가 아니고 실패는 고정이 아니다 다 그 운명이다

107 운명 그 자체도 오락이여 거기에도 도박은 있다

선택 그 자체도 오락이여 거기에도 도리가 있다
인생 그 자체도 오락이여 거기에도 진리가 있다
사랑 그 자체도 오락이여 거기에도 양심이 있다

108 수시로 변하는 인격과 스스로 변하는 양심, 다 그런가

거짓말을 할만큼 약하지 않다고 큰소리도 치고
참말을 할만큼 강하지 않다고 둘려대기도 하고
뻔뻔함을 순수함으로 우기기도 교활함을 아부로 숨기기도

109 듣지 않고도 알 수 있는 것 사랑과 배신

보지 않고도 알 수 있는 것 희망과 패배
모르고 있더라도 알 수 있는 것 믿음과 죽음
알고 있더라도 모를 수 있는 것 꿈과 잠

110 지금이 지금이 아니고, 내일이 내일이 아니다

부모가 부모가 아니고, 자식이 자식이 아니다
친구가 친구가 아니고, 원수가 원수가 아니다
어제가 어제가 아니고, 내가 내가 아니다

111 앞이 앞이 아니고, 뒤가 뒤가 아니다

꿈이 꿈이 아니고, 니가 니가 아니다
빛이 빛이 아니고, 암흑이 암흑이 아니다
이미 블랙홀 속에서, 지난 블랙홀을 두려워하랴

외로움으로 외롭지 않다

112 여름의 반대는 여름이고, 사랑의 반대는 사랑이다

삶의 반대는 삶이고, 반대의 반대는 삶이다
꽃의 반대는 꽃이고, 하늘의 반대는 하늘이다
죽음의 반대는 죽음이고, 사람의 반대는 사람이다

113 길의 반대는 길이고, 엄마의 반대는 엄마다

사실의 반대는 사실이고, 반대는 스스로 반대한다
스스로의 반대는 스스로고, 이름의 반대는 이름이다
인연의 반대는 인연이고, 자연의 반대는 자연이다

114 오늘도 꿈을 꾼다, 꿈도 시간을 꾼다

꿈에서 마신 술로 비몽사몽 잠이 덜 깨는가 술에 취해 자다가
꿈에서 해롱해롱 헤매는가 내가 네 꿈에 있는건가 네가 내 꿈에
있는건가 내가 꿈을 꾸는건가 꿈이 나를 꾸는건가

115 내 얼굴 남이 본다 … 낯설다 … 내 흉 남이 본다

아는 사람들의 얼굴들 … 낯익다 … 거울 내가 본다
내 삶 내가 산다 … 모르겠다 … 비추이는 모습이 참인지
내 얼굴 내가 못본다 그렇다 … 거울은 참인가 벽인가

116 아무렴 그렇지 그렇고 말고 - 선택과 후회 그리고

지금보다 더 잘 될 수가 없었을까 아무렴
지금보다 더 못 될 수가 없었을까 아무렴
지금보다 그대가 더 소중할까 아무렴 그렇지

117 똑같은 꿈이라도 사람마다 다르고 똑같은 사람은 아무도
　　없다 팔자도 환경이다

꿈도 모르고 나도 모르고 너도 모르고 모름도 꿈이다
꿈도 모르고 참도 모르고 거짓도 모르고 모름도 모름이다
꿈도 모르고 미래도 모르고 과거도 모르고 모르는건 안다

118 저 먼 그때 불던 바람은 어디로 갔을거나

사랑을 보내버린 아낙의 탄식으로 흘렀을까
부모를 찾는 아이의 어둠으로 흘렀을까
대낮의 공원, 보면서도 보지 못하는 죽음으로 흘렀을까

119 죽은 사람도 모르고 남은 사람도 모르고 아무도 모른다

죽은 사람은 죽어서 남은 사람은 살아서 아무도 없기에 모른다
죽은 사람은 살아있지 않고 남은 사람은 아직 죽지 않아서 죽음을
기다린다 죽음은 기다리지 않고 기다림은 죽지 않는다

120 죽음은 죽음이 아닌 죽음이다

모르는게 죽음이고 죽음은 모름이다 알지 않는게 답이다
아는게 죽음이고 죽음은 앎이다 모르지 않는게 답이다
답이 없는게 죽음이다 죽음이 바로 답이고 답이 바로 죽음이다

121 이미 죽어있으면 분노할 일도 없을거고 슬퍼할 일도
    없을거고

사랑할 일도 없을거고 즐거워할 일도 없을거고 아픔도 미움도 저울도
기다릴 일도 없을거고 싸울 일도 없을거고 기억할 일도 없을거고
자신이 있을 일도 없을거고 자유로울 일도 없을거라 대자유가 아니련가

122 난 이미 죽어있고 그리고 별도 죽을거고 (망자 산책)

할 말도 별로 없고 볼 것도 별로 없고 들을 것도 별로 없고
보이는 대로 보고 들리는 대로 듣고 입은 알아서 열리고
어제도 어제처럼 오늘도 오늘처럼 내일도 내일처럼 지나가고

123 탄생이 죄악은 아니더라도 태어나지 않았으면 죄를 짓지
    않는다

탄생이 축복은 아니더라도 태어나지 않았으면 복을 받지 않는다
탄생은 혼자이더라도 태어나는건 제혼자 이루어지진 않는다
죽음은 혼자이더라도 죽어가는건 제혼자 감당하진 않는다

외로움으로 외롭지 않다

124 언제 죽을지더라도 못다한 삶은 없다

언제 끝날지더라도 못다한 말은 없다 못다하여
언제 지나갈지더라도 못다한 일은 없다 태어나고
언제 닥칠지더라도 못다한 죽음은 없다 태어나고

125 죽기 위해선 가장 인간적이어야 한다

살기 위해선 가장 동물적이어야 한다
출세하기 위해선 가장 동물적이어야 한다
해탈하기 위해선 가장 인간적이어야 한다

126 죽은 사람은 눈물을 흘리지 않는다

죽은 사람은 아프지 않다 아픈 기억도 없다
죽은 사람은 슬프지 않다 슬픈 추억도 없다
죽은 사람은 울지 않는다 소리도 암흑도 없다

127 죽음보다 깊은 망각, 망각보다 짙은 변방

내가 얼마나 얼마나 부족하여, 이렇게 멀리 멀리 보내버렸느냐
내가 얼마나 당신같지 않아서, 이렇게 갈곳없이 떠돌게 하였느냐
내가 얼마나 나답지 못해서, 이렇게 존재조차 모르게 잊혀졌는가

128 바쁘다 바뻐 바뻐긴 뭐가 바뻐 다 여유롭다

없다 없어 없긴 뭐가 없어 다 있다
죽으련다 죽어 죽긴 왜 죽어 다 산다
살으련다 살어 살긴 왜 살어 다 죽는다

129 짧은 만남이든 긴 만남이든 만남은 만남일 뿐 삶의
부분이다

얕은 인연이든 깊은 인연이든 인연은 인연일 뿐 삶의 부분이다
가벼운 우연이든 무거운 우연이든 우연은 우연일 뿐 삶의 부분이다
인연없는 인연이든 이별없는 이별이든 없음은 없음일 뿐 삶의 부분이다

130 끝나지 않는 끝 시작하지 않은 시작 노래없는 노래

부르지 않은 부름 사랑하지 않는 사랑 슬픔없는 슬픔
오지 않은 옴 가지 않은 감 울음없는 울음
오지 않는 과거 가지 않는 미래 메아리없는 메아리

131 연결되지 않는 수는 없다 죽음과 삶도 그러하다

0 1 2 3 4 5 6 7 8 9 혼자서는 존재이유가 없다
다 독립되었고 다 연결되었다 따로서는 존재이유가 없다
있고 없고 알고 모르고 아름답고 추하고 헤어지면 존재이유가 없다

132 억새, 깨달음이 없는게 깨달음이다

스스로, 억새는 침묵으로 외치고 슬픔으로 빛난다
빛나지, 억새는 떨림으로 울고 어둠으로 삭힌다
않는다, 억새는 삶과 죽음 과거와 미래에서 자유롭다

133 바람에 살포시 흘려보내는 하이얀 억새의 속삭이는 흐느낌

침묵의 영원처럼 떠돌던 나그네의 죽음을 여미는 억새의 흔들림은 누구일까
아이잃은 부모처럼 헤메던 나그네의 사라짐을 그리는 억새꽃은 과거의
    우리일까
어둠에 빠져있던 영혼을 들춰보게 하는 억새로 아침이 뜬다 마음에 아침이
    뜬다

134 남극이여 벌벌 떠는 별들을 어제의 영원마냥 고이 잠드소서

북국이여 하늘로 뻗어대는 뿌리들을 조용한 영혼마냥 고이 쉬소서
히말라야여 가리면서 감추지 않는 구름바다를 영원인양 고이 있으소서
그대 겨울이여 아무도 찾지 않는 영혼인양 외로움을 고이 지키소서

135 어제의 날, 잊어라 오늘은 몰라도 내일은 알고 있다

내가 누구인가 나는 몰라도 달은 알고 있다
자네가 누구인가 자넨 몰라도 나는 알고 있다
우리가 무엇인가 어젠 몰라도 해는 알고 있다

외로움으로 외롭지 않다

136 그대가 태어나기 위해 세상이 울었다

내가 나였다는 것은 내가 나이기 때문이다 내가 나인 것은
내가 나였기에 때문이다 내가 나일 것은 내가 나일 것이기에
때문이다 가꾸듯 고르고 고르고 고르듯 가꾸고 가꾸고

137 있는대로 있고 없는대로 없고 오늘은 오늘만큼

눈이 오면 맞고 비가 내리면 젖고 햇빛 쬐면 품고
길이 있으면 걷고 길이 없으면 만들고 사방이 어두우면 쉬고
들리면 듣고 보이면 보고 들리면 말하고 보이면 먹고

138 무엇이 없어졌는가, 자아는 자아만큼 응답한다

한 팔, 익숙한 거에 대한 배반으로 흔들리는 자아
한 다리, 잃는 거 보다 더 잃는 건 그 상실감의 피로
한 마음, 낯선 걸로의 적응에 대한 자아의 자세

139 죽은 사람을 본다 죽었다 생명이 없다

산 사람도 시간이 지나면 그렇게 된다 버려진 나무 막대처럼
산 사람과 죽은 사람의 차이는 무엇인가 없다 단지 시간 차이뿐
산 사람을 본다 살아있다 생명이 없다

140 간지러운 콧등을 긁을 수 있다는게 얼마나 큰 행복이런가

콧등이 간지럽다는 걸 안다는게 얼마나 큰 다행이런가
콧구멍으로 공기가 드나드는게 얼마나 큰 은혜이런가
코가 있다는게 얼마나 큰 존재이런가 이유는 어떠하든

141 꽃은 다 이쁘다

이쁘지 않은 장미가 그 얼마나 있다냐
이쁘지 않은 여자가 그 얼마나 있다냐
이쁘지 않은 사람이 그 얼마나 있다냐

142 낚시하며 물고기든 마음이든 잡자

잡으면 좋고 못잡으면 더 좋고 걸리든 흐르든
죽으면 좋고 안죽으면 더 좋고 구르든 말든
이루면 좋고 못이루면 더 좋고 키우던 말든

143 삶이란 이용이란다 처음부터 끝까지 이용이란다

사랑을 이용하고 미움을 이용하고 있는걸 이용하고
승리를 이용하고 패배를 이용하고 없는걸 이용하고
죽음을 이용하고 약함을 이용하고 당하는걸 역이용하고

144 나무의 열매는 동물을 위하여 있는게 아니다 자신이다

사랑의 열매는 상대를 위하여 있는게 아니다 자신이다
자연의 파괴는 자신을 위하여 있는게 아니다 지구다
사람의 파괴는 자신을 위하여 있는게 아니다 사람이다

145 주는거 걱정말고 받는거 걱정말고 없는거 걱정말고, 자신만
   찾아라

은혜에 보답하는게 독으로, 원수를 갚는게 약으로 만들어지기도 하고
주는 사람이 독을 줘도 약으로, 받는 사람이 약을 받아도 독으로 변하기도
불운을 행운으로 행운을 불운으로 돌리기도, 없는걸 있는걸로 만든 이도

146 삶, 그래 갈데까지 가는거다

무엇이 되려고 하지 마라
무엇을 위하려고 하지 마라
오늘은 어땠는가, 물어봐라

147 왜 날 가만히 내버려두지 않는가

그래도 녹슬지 말라고 단련시켜 주는가 몸과 마음을
그래도 잊혀지지 말라고 상기시켜 주는가 세상과 나를
아직도 하늘은 파랗다는거 경계시켜 주는가 죽음과 삶을

148 타는건 연기라도 나련만 이내 마음은

정말 자신이 보잘 것 없어서 보이는 것에 집착하였는가
정말 자신이 똑똑치 못해서 지식없는 지혜를 열망하였는가
정말 자신의 가치가 없어서 돈없는 금고에라도 매달렸는가

149 사랑은 여물지 않고 과오는 아물지 않는다

만들어진 길이 편하다 남자라서 길을 만들며 가는가
가던 길이 이롭다 사람이라서 길을 되돌아서 가는가
처녀보단 과부를 참회보단 망각을 위한 변명이련가

150 자네가 신경쓸건 아무것도 없네

실제 자네가 가졌던 빌렸던 관계했던 자네건 없네
실제 자네가 가해자든 피해자든 목격자든 자네건 없네
실제 자네가 느끼고 울부짖는 그 고통도 자네건 없네

151 있는거라곤 텅 빈 마음뿐 그거라도 만족스럽지 아니한가

아무 것도 없다 아무 것도 할 게 없다
아무 것도 없다 보이는거라곤 먼 하늘뿐 들리는거라곤 먼 바람뿐
아무 것도 없다 없다는걸 아는거뿐

152 하지 않아야 되는거, 바로 그 자체다

기억할 땐 기억하면서 아파하던지 즐거하던지 살고
망각할 땐 망각하면서 슬퍼하던지 기뻐하던지 살고
기억하든 망각하든 뭔 대수냐 느끼는대로 흘러가지

153 신경은 눕히고 마음은 일으켜라

잡은 물고기 작지 않고 놓친 물고기 크지 않다
하얀 색은 검지 않고 검은 색은 희지 않다
색은 바래고 마음도 바랜다

154 사람은 시간으로 울고 다른 생물은 공간으로 울부짖는다

조그만 벌레가 밟히면 흔적없이 죽는다
사람의 죽음도 흔적없이 잊혀진다 훗날
사람은 시간으로 죽고 다른 생물은 공간으로 죽는다

155 밝음이다 ...... 깨닫다

밝음이다 ... 빛이다
밝음이하다
밝음이되다

156 깨달음을 버리시게 깨달음이 이미 깨달음일세

깨닫지 못함을 버리시게 넘치지 않음이 깨달음일세
깨달을 수 있음을 버리시게 버리는게 이미 깨달음일세
깨달음이 없는걸 버리시게 없음이 이미 깨달음일세

157 미륵불은 영원히 오지 않는다 미래부처는 영원 다음이라

미륵불이 왔다면 그는 미륵불이 아니다
미륵불은 부처 이전에 착하고 용감한 사람이였다
미륵불은 부처 이후에 진심으로 그를 부르는 사람이다

158 해탈은 시작이다 시작은 없다 없음이 해탈이다

해탈은 끝이다 끝은 없다 있음이 해탈이다
해탈은 없다 시작도 없다 끝도 없다
해탈은 해탈이다 말은 말이다 없음은 없음이다

159 하늘이 땅과 사람을 만들었지 죄와 벌을 만들지 않았다

여기 죄를 짓지 않은 자 그 누가 있느냐 좀 있어다오
여기 시간을 거스른 자 그 누가 있느냐 좀 있어다오
여기 벌을 받지 않은 자 저 누가 있느냐 좀 없어다오

160 과거를 고칠 수는 없다 그러나 바꿀 수는 있다 거짓

미래를 바꿀 수는 없다 그러나 고칠 수는 있다 참
현재를 고칠 수도 있고 바꿀 수도 있다 인간다운
참은 고칠 수가 없고 거짓은 바꿀 수 있다 자연다운

161 물은 아래로 흐르고 피는 아래로 흐르고 사랑도 아래로
　　흐른다

별은 위로 흐르고 꿈도 위로 흐르고 믿음도 위로 흐른다
싸움은 옆으로 흐르고 삶도 옆으로 흐르고 죽음도 옆으로 흐른다
보이지 않는 흐름도 흐름이고 흐르지 않는 흐름도 흐른다

162 새도 걷는다 새도 발이 있다 발이 있으면 걷는다

물고기가 날은다 물고기도 힘이 있다 힘이 있으면 날은다
다람쥐도 날은다 다람쥐도 용기가 있다 용기가 있으면 날은다
사람도 날은다 사람도 머리가 있다 머리가 있으면 따른다

163 바로 보아도 모를 첫사랑이여 과연 어디에 있을까

바로 알아도 모를 진실이여 과연 어떻게 드러날까
모른 채 우연히 첫사랑과 가족을 만나 싸우지 않기를
모른다고 거짓을 진리라 우기며 남을 헐뜯지 않기를

164 아는게 아는게 아니었다 어릴 땐

좋은게 좋은게 아니었다 어릴 땐
잘 하는게 잘 하는게 아니었다 어릴 땐
잘 있는게 잘 있는게 아니었다 어릴 땐

165 질문없는 정답처럼 정답없는 질문처럼 설명없는
    설명이어라

부끄럽지 않았다는게 부끄럽고 아는게 많다는게 모르는거였고
부러워하지 않았다는게 부끄럽고 아는게 남아있다는게 부럽고
고생하지 않았다는게 고생길이였고 모르는걸 아는게 한 기쁨이어라

166 행운이지 않은게 행운이지 않는가

돈없고 무식한 부모를 존경할 수 있는 능력을 키우게 하니
돈없고 못난 동반자를 이뻐할 수 있는 능력을 가꾸게 하니
돈없고 소박한 자신을 내세울수 있는 긍지를 만들어 주니

167 기쁨은 스스로 나누지 않는다 기쁨 스스로 가둔다

친구에게 빌려주던 투자하던 되돌려 받지 못해도 무난할 만큼만 투기하게나
배우자에게든 부모에게든 되돌려 받지 못해도 시원할 만큼만 사랑하게나
자식에게는 어떠하든 되돌려 받지 못해도 당연할 만큼만 넘겨주게나

168 바라는게 행복이라면 바라지 않는게 행복일 수도 어차피

바라지 않는게 불행이라면 바라던게 불행일 수도 마지막은
건강 재물 사랑 바라던게 행복이 아닐 수도 어차피
병마 상실 이별 바라지 않던게 불행이 아닐 수도 하나라

169 아직 태어나지 않았더라면 사랑이 없었을텐가 벌써

아직 결혼하지 않았더라면 미움이 없었을텐가 태어났을텐가
아직 아이들을 낳지 않았더라면 바램이 없었을텐가 벌써
아직 자라지 않았더라면 그누가 태어났을텐가 죽었을텐가

170 뒤없는 사람없고 끝없는 사람없다

바보도 뒤가 있고 끝이 있다 감정이 있으니
바위도 뒤가 있고 끝이 있다 감정이 없어도
뒤가 있는건 끝이나고 끝은 뒤가 없다

171 더 이상 이어짐도 이어지지 않는다 - 아무도 없다

방황도 끝이 나고 더 이상 물려받지 않는다
혼돈도 끝이 나고 더 이상 따르지 않는다
망각도 끝이 나고 더 이상 돌아보지 않는다

172 분노도 제 그릇에 담긴다 버리는 것도 제 손이다

슬픔도 제 그릇에 담긴다 비우는 것도 제 마음이다
행복도 제 그릇에 담긴다 쓰는 것도 제 눈이다
죽음도 제 그릇에 담긴다 사라지는 것도 제 영혼이다

173 보아라 이미 죽었던지 아니면 태어나지도 않았다

해를 보며 걷는다면 어디든지 갈 수 있다
멈추지만 않는다면 무엇이든 할 수 있다
문은 열리게끔 되어있고 운도 자신이 마련한다

174 망자의 힘은 아무데도 없다

남은 자의 희망은 힘이다 그의 몫이다
남은 자의 기도는 힘이다 그의 혼이다
남은 자의 배신도 힘이다 힘도 배신한다

175 영혼은 죽지 않는다 그러나 잊혀진다

내일은 밝다 어제는 어둡다 오늘은 어둡지 않고 밝지 않다
영혼의 무게는 없다 그러나 너무나 무겁고 너무나 가볍다
잊혀지는걸 두려워하지 않는다면 영혼이 죽는들 어떠랴

176 세상의 득을 보았으니 세상에 보답하자 아무도 사랑하지
않더라도

세상이 다 좋더라도 자신만 아니라면 자신만의 세상으로 남는다
세상이 다 그렇더라도 자신만 아니라면 세상에 자신은 없다
세상이 세상에 없더라도 자신만 사랑한다면 모두다 세상에 살아간다

177 차가움은 차가울 뿐 스스로 차갑지도 않고 뜨겁지도 않고

뜨거움은 뜨거울 뿐 서서히 녹기도 하고 식기도 하고
사랑은 사랑일 뿐 저절로 차갑기도 하고 뜨겁기도 하고
분노는 분노일 뿐 세월로 달래지기도 하고 덮여지기도 하고

178 누가 뭐라하든 자네는 처음이고 참일세

아비를 모르든 어미를 모르든 아무도 몰라도
자식이 바뀌었든 운명이 바뀌었든 그대로의 참일세
눈먼 이든 귀먼 이든 사람먼 이든 무엇보다 처음일세

179 아~ 내가 아직 나였구나

아~ 하늘이 아직 떠있구나 내가 나인지 누구인지 모르겠으나
아~ 해가 아직 빛나구나 다른 내가 어디서 헤매는지
아~ 몸이 아직 숨쉬구나 이 몸은 다른 나의 숨통인가

180 아 하늘이 있었구나 머리 위로, 자신만 하늘인줄 알았더냐

아 하늘이 있었구나 병풍 위로, 진실을 눈감으면 피하는줄 알았더냐
아 하늘이 있었구나 지붕 위로, 버려진 황금을 줍는줄 알았더냐
아 하늘이 있었구나 묘지 위로, 부끄러움이 숨었는줄 알았더냐

181 저 별 ...... 저기에서 나를 내려다보는 아니 올려다보는

내가 있을까 ...... 저 별을 올려다보고 있는 나처럼, 동시에
그 풀 ...... 시베리아 툰드라 한 개울가의 풀을 비행기 창으로
내려다보았던 그 풀 ...... 아직도 나를 그리워하고 있을까, ...

182 저 별자리 b 넘어서 저 멀리 어디선가 ......

누군가 저 별자리 d로 바라다보고 있을까 ......
또 다른 내가 그 암흑자리에 서서 지금 같은 생각을 할까
어디선가 그 암흑의 저 멀리가 내 마음 안은 아닐까

183 누군가와 스치는 순간 저기 드높은 산을 한 노인이
    바라보고 있다

누군가와 눈이 마주치는 순간 저기 드푸른 바다에서 한 아이가 헤엄을
    치고있다
누군가와 노려보는 순간 저기 드넓은 들판에서 한 늑대가 울부짖고 있다
누군가와 사랑하는 순간 저어기 드깊은 동굴에서 한 물방울이 떨어지고 있다

외로움으로 외롭지 않다

184 허송세월 안하는 인간 그 어디 있느냐

내가 자네를 알고 자네가 자네를 알고 그가 자네를 알고
자네가 나를 알고 내가 나를 알고 그가 나를 알고
허송세월이라도 그 아니 기쁘지 아니한가 우리가 꽃을 보고

185 과거의 그 순간 방향을 틀었다면.. 그 안타까움

소가 죽었구나 새가 들어와 죽었구나
내가 죽었구나 네가 들어와 죽었구나
구멍이 죽었구나 꿈이 들어와 죽었구나

186 알 수 없는걸 알 수 없는건 당연한건지

알 수 없는걸 알 수 있는건 우연이련가
알 수 있는걸 알 수 없는건 외면이련가
알 수 있는걸 알 수 있는건 자연이련가

187 더도 없고 덜도 없고 바로 그대로다

더 잘 될 수도 있었고 더 못 될 수도 있었다
더 잘 할 수도 있었고 더 못 할 수도 있었다
더 좋을 수도 있었고 더 나쁠 수도 있었다

188 기다리지 마시고 남겨두시게나 죽으면 빛을 본다나

최고의 자리라도 아쉬워 마시게 또 있을까나
최상의 행복이라면 기억으로 즐기시게 또 있을까나
최악의 불행이라면 외면하지 마시게 또 있을까나

189 천사든 악마든 지리적 발생이고 시대적 산물이니

악마로 태어나지 않아도 악마로 만들어지니
천사로 태어나지 않아도 천사로 만들어지니
그들에게 지워진 고통은 누가 풀어주랴 저희들이

190 그래도 스스로 자신을 해방시키면 끄달릴게 없어라

오늘도 어제와 같은 오늘이어라 같지 않아도 다 그러려니
오늘도 내일과 같은 오늘이어라 오지 않아도 다 그러려니
오늘도 오늘과 같은 오늘이어라 가지 않아도 다 그러려니

191 달을 가린 먹구름이 억수로 두껍다 아이가

다 치아뿌라 구르고 구르고 또 굴려서 구름이 될끼가
다 치아뿌라 바라고 바라고 또 바래서 바람이 될끼가
다 치아뿌라 버리고 버리고 또 버려서 버림이 될끼가

192 나는 모린다 니는 아나

안아도 안아도 안겨지지 않는 여인네처럼
고쳐도 고쳐도 고쳐지지 않는 남정네처럼
지들은 둘이 아이고 하나라는거 세상처럼

193 목이 터지도록 불렀구만 와 이리 힘드노 마누라 구하기가

매미의 불평이다 7년의 유충 세월이 그립도다 그때가 진정 행복이었노라
와 나만 가꼬 그래 모기의 하소연이다 살기 위해 사람의 피라도 빨아야한다
그래도 죽이진 않는다 사람을, 사람도 살기 위해 사람을 죽인다는 말인가

194 물도 실수하고 돌도 실수하고 하늘도 실수한다

선생도 실수하고 학생도 실수하고 나무도 실수한다
부모도 실수하고 자식도 실수하고 행복도 실수한다
선행도 실수하고 악행도 실수하고 양심도 실수한다

195 환갑, 이 나이에도 똥만 흘리고 다니는구나

이 나이에 뭐가 두려우랴 죽음인들 두려우랴
이 나이에 뭐가 부끄러우랴 몸인들 부끄러우랴
이 나이에 뭐가 부러우랴 마음인들 부러우랴

외로움으로 외롭지 않다

196 사람은 뒤로 걷기도 한다 그걸 좋아하기도

환갑 전엔 동안이라면 환갑 후엔 동체가 돋보이기도
동심을 유지하듯이 한평생 동혼으로 청정하기도
사람은 거꾸로 날기도 한다 그걸 재주라고도

197 흘려가는 허망함 속에서 좀먹은 세월들, 과연 행복했을까

소설 쓴답시고 머리 쥐어짜고 정신줄 놓고 방황하던 시절들
도를 닦는답시고 외로운 고행을 어리석게 굽이굽이 넘어가던 시절들
순수한 외로움은 행복이라고 우기던 젊음을 훌쩍 넘기고 되뇌이는건

198 혼자, 그려 이 세상에 제혼자 밖에 더 있느냐

혼자 태어나서 혼자 죽으며 혼자 말만 하는구나
혼자, 그려 이세상에 제혼자 만이 어디 있으랴
부모없는 혼자 어디 있으며 세상없는 혼자 어디 있느냐

199 누가 비극을 만드는가 제자신이다 신들려

누가 희극을 만드는가 제자신이다 위하여
누가 행복을 만드는가 제자신이다 신나서
누가 참극을 만드는가 신들이다 위하여

200 뭔 상관이여 또한 상관은 뭔 상관이여

전생에 나무든 새든 물고기든 박테리아든 뭔 상관이여
후생에 나무든 새든 물고기든 박테리아든 뭔 상관이여
현생에 뭐든 뭔 상관이여 다 그렇고 그런거

201 손으로 태양을 가릴 순 있어도 태양으로 달을 가릴 순 없다

악으로 선을 가릴 순 있어도 거짓으로 진실을 가릴 순 있어도
꿈으로 현실을 가릴 순 있어도 미래로 과거를 가릴 순 있어도
그대로 나를 가릴 순 있어도 나로 그대를 가릴 순 없다

외로움으로 외롭지 않다

202 아는게 힘이다 아는게 독이다 힘이 독이다 독이 힘이다

아는 만큼 아프고 아는 만큼 분노한다 아는 만큼 슬프고 아는 만큼 행복하다
아는 만큼 부끄럽고 모르는 만큼 자유롭다 아는 만큼 괴롭고 망각하는 만큼
    편안하다
빈 의식은 징벌없는 죄악이다 살아서는 무죄이나 죽어서는 유죄다

203 사람이 위선적인건 심성이 나빠서가 아니다 - 배반의 변호

사자가 사나운건 풀을 먹지 못해서 그런거다
북극곰이 동면하는건 잠꾸러기라서 그런건 아니다
토끼가 순한건 심성이 고와서 그런건 아니다

204 저승에선 나이들지 않는다

두려워 마시게 25년 뒤에 만나더라도 오는 만큼 가는 만큼 같이 늙는다
두려워 마시게 50년 뒤에 보더라도 늙은 만큼 생각 만큼 같이 녹는다
두려워 마시게 못보는 만큼 못만나는 만큼 같이 알지 못한다

205 다 없느니라

이유없는게 이유일 수도 있느니라 슬픔도 없듯이
원인없는게 원인일 수도 있느니라 웃음도 없듯이
결과없는게 결과일 수도 있느니라 태어남도 없듯이

206 태어나지 않았더라면 몰랐을 걸 알려하지 말고

태어났으면 알아야될 걸 알려하고 세상에
태어났으면 지켜야될 걸 지키려하고 세상에
태어나지 않았더라도 지켜야될 건 지키려한다

207 그랬다 그랬다 정말로 그랬다

태어나고 자라면서 줄곧 자신을 사람이라고 생각하였다
즐거움과 아픔을 겪으면서 줄곧 사람이라고 생각하였다
죽기까지 그렇게 생각하리라 정말로 정말로 꿈뿐이였는데도

외로움으로 외롭지 않다

208 어느 쪽이든 당신이 가장 힘든게 맞소

여름에 더워 죽겠다 그리고 추워 죽겠다
겨울에 추워 죽겠다 그리고 더워 죽겠다
세상에 돈이 없어 죽겠다 그리고 돈에 깔려 죽겠다

209 오늘도 취하였는지 체하였는지 추하구나

취하였으랴 오늘도 내가 살아있구나
취하였으랴 오늘도 내가 죽어있구나
취하였으랴 오늘도 내가 헷갈리구나

210 어쩌란 말이냐 다 일과성인데

아주 고매하고 저명한 인사의 치부가 드러난들
아주 미천하고 가난한 작자의 치부가 드러난들
아주 보통인 내자신이 이루고 범한게 드러난들

211 새삼스러울게 뭐 있느냐 무수한데

일만년 전에 내가 살았든 대수냐 상(上)
일만년 후에 내가 살든 대수냐 하(下)
같은 시대 다른 곳에 또 내가 살든

212 바람없는 날은 없다

보잘것없이 나뒹구는 낙엽 한 장에도 그의 역사가 있다
먼지투성이 구석자리에 튕겨나간 손톱에도 그의 역사가 있다
바닷가에 널어져있는 수많은 모래의 한 톨도 그의 역사를 말한다

213 이 세상에 있음도 없고.. 그런가

이 세상에 없음도 있고.. 그런가
이 세상에 있음도 없음도 없고..
이 세상에 있음도 없음도 있고..

외로움으로 외롭지 않다

214 소중함 통쾌함 그리고 아름다움

내가 이미 가졌던 것 지금 가진 것 그리고 앞으로 가질 것
내가 이미 버렸던 것 지금 버리는 거 그리고 앞으로 버릴 것
내가 이미 알았던 것 지금 아는 거 그리고 앞으로 알 것

215 없는 흔적과 있는 공허

다른 사람관 뭔가 다르기에 뭔가 다를 줄 알았더만
특별한 게 별로 특별하지 않다는 증명이 되는건가
후다닥 늙고보니 가장 흔한 한 영감탱이로 되어있구나

216 살아있다는거 - 속을 수도

뻔뻔할 수도 약을 수도 죽을 수도 있다는거
용감할 수도 어리석을 수도 모를 수도 있다는거
남의 것일 수도 나의 것이 아닐 수도 있다는거

217 죽어있다는거 - 환희의 궤적

얼마나 많은 생명들이 왔다가 갔는가 억수로
얼마나 많은 동물들이 왔다가 가겠는가 억수로
얼마나 많은 별들이 왔다가 가겠는가 억수로

218 생각만큼 깊어진다

제일 푸른 초원을 보려면 해와 마주하라
제일 파란 바다를 보려면 해와 맞서라
제일 싱싱한 사람을 보려면 해를 등져라

219 아무것도 아니라는거

존재는 인식에 지나지 않고
인식은 시간에 의존할 뿐이고
시간은 지나가면 돌아오지 않고

외로움으로 외롭지 않다

220 도대체(都大體) 아무것도 아니라는거 보다 더 못하잖니

충분히 그럴수 있다는 모든 이유가 과연 있겠는가 물론(勿論)
충분히 그럴수 있다는 모든 이해가 과연 가능할까 물론(勿論)
충분히 그럴수 있다는 모든 이치가 과연 타당할까 물론(勿論)

221 몸도 울고 마음도 울고 그도 운다 몽몽(夢夢) 인생(人生)

몰라도 돼 내가 누구인가를 반몽(半夢) 반생(半生)
몰라도 돼 니가 누구인가를 비몽(非夢) 미생(未生)
몰라도 돼 세상이 무엇인가를 불몽(不夢) 불생(不生)

222 세상은 고요한 그대로였다 한줄기 햇살처럼 한가로운

들도 강도 산도 바다도 고요한 그대로였다 어느날 불쑥
세상에 나의 모습이 드러나자 파동이 이어졌다 그
파동이 멎자 하늘과 세상이 고요한 그대로였다 유유한

223 난 내가 자고있는 줄 알았다네 그 때 이후로

난 내가 당신인줄 알았다네 그 때 이후로
난 당신이 나인줄 알았다네 그 때 이후로
난 내가 살아있는줄 알았다네 그 때 이후로

224 이렇게 살아도 되냐 너를 만나지도 못하면서

이렇게 살아도 되냐 너를 잊지도 못하면서
이렇게 살아도 되냐 사랑하지 않으면서 그리워하니
이렇게 살아도 되냐 미안한게 많으면서도 아니하니

225 나무라는 사람이나 듣는 사람이나 똑같다

언제 아니라 했니
누가 아니라 했니
그런데 ... 무슨 말을 하는거니

226 너무 늦은 자각, 글그리기에 대한 후회

자기자신 하나 구제하지 못하는 것이
남을 구제한다며 한평생을 날렸구나
기어코 거북이가 하늘을 날 때는 죽음뿐이련가

227 그 무엇인들 아무것도 아니란 것을

어렸을 때 알았지만 그 선을 넘고싶었고
젊었을 땐 아무것도 아니란 것이 아니다
부르짖었지만, 애초에 그 산은 없었다는 걸

228 오늘이 왜 오늘이어야 하는 이유를 아는가

그대와 나의 만남과 헤어짐에 대한 대답이기도 하고
슬픔과 아픔을 느끼고 잊혀짐에 대한 대답이기도 하고
그 이유가 대답과 이유자체를 긍정하지 않는 대답이기도 하다

229 왜 내가 이곳에 왔어여만 하는가 다

왜 내가 이곳에 있어야만 하는가 른
왜 내가 이것을 하여야 하는가 감
왜 내가 잊혀져야 하는가 옥

230 어제의 산은 오늘의 산이 아니다 갈

어제의 나는 오늘의 내가 아니다 은
어제나 오늘이나 산은 산이다 감
어제나 오늘이나 사람은 사람이다 옥

231 나무는 사람을 사람으로 본다

나무는 단풍을 보지 않는다
사람은 나무를 나무로 보지 않는다
사람은 사람도 사람으로 보지 않는다

외로움으로 외롭지 않다

232 아이때 죽은 형은 미처 고독을 몰랐을까

미처 사랑을 몰랐을까 미처 미움을 몰랐을까 미처 슬픔을 몰랐을까
미처 아픔을 몰랐을까 어떤 괴로움을 알았을까 미처 죄를 몰랐을까
죄가 무엇인지 무엇이 죄인지 알던지 모르던지 그의 미소는 머물려있다

233 태양은 늙지 않는다

하늘은 늙지 않는다 단지 있을 뿐
바다는 늙지 않는다 단지 푸를 뿐
사랑은 늙지 않는다 단지 바라볼 뿐

234 태어나기 전과 죽고난 후의

귀먼이는 이미 태어나기 전을 듣는다 있는 그대로를
눈먼이는 이미 태어나기 전을 본다 있는 그대로를
몸먼이도 이미 영혼을 마음으로 전한다 없는 그대로를

235 세상아 넌 내게서 무엇을 원하느냐

세상아 넌 내게서 무엇을 원하느냐
세상아 넌 내게서 무엇을 원하느냐
세상아 넌 내게서 무엇을 원하느냐

236 떠났구나 떠났구나 다 떠났구나

그토록 사랑하던 이도 떠나갔고 그렇게 미워하던 삶도 떠났구나
늘 머물를줄 알았던 젊음도 떠났고 식지않을줄 알았던 열정도
야망도 떠났구나 살아있다고 믿었던 세상도 이미 떠났구나

237 나비로 산이 떠나고 바람으로 하늘이 떠나는구나

돈도 떠나고 똥도 떠나고 몸도 떠났구나
산도 떠나고 하늘도 떠나고 마음도 떠났구나
다 떠나고 나마저 떠나고 떠남도 떠났구나

외로움으로 외롭지 않다

238 이게 아닌데

이게 아닌데 이게 아닌데 최선보다 더 노력하였건만
이게 아닌데 이게 아닌데 내자신보다 더 사랑하였건만
이게 아닌데 이게 아닌데 내모습마저 바쳤던 이름이였건만

239 그누가 존재한단 말인가

내가 존재하는가 아무도 모르는데
니가 존재하는가 그누가 아는데
그가 존재하는가 그는 없는데

240 산이는 산걸 모르고 진정한

귀먼이는 정적을 모르고 그런
눈먼이는 암흑을 모르고 그런
죽은이는 죽음을 모르고 그런

241 이 세상에 단지 한명이라도

나를 사랑하는 사람 없으니 안타까워도
나를 친구하는 사람 없으니 아쉬워도
나를 이해하는 사람 없으니 허망하도다

242 치타보다 달팽이가 빠르다

치타는 놓쳐도 달팽이는 놓치지 않는다 먹이
달팽이 몸은 파도랍니다
달팽이 마음은 바다랍니다

243 새는 나는 모습을 보여주는게 아니라 사는 모습을 보여준다

물고기는 헤엄치는 모습을 보여주는게 아니라 사는 모습을 보여준다
치타는 달리는 모습을 보여주는게 아니라 사는 모습을 보여준다
사람은 싸우는 모습을 보여주는게 아니라 사는 모습을 보여준다

244 날개 하나론 날지 못한다

어떤 듣는이는 더 들어서 작곡하고
어떤 보는이는 더 보아서 창작하고
어떤 생각하는이는 더 생각해서 돌기도

245 태양은 달이 없다

태양은 밤이 없다 달은 밤이 있다
태양은 겨울이 없다 달은 겨울이 있다
태양은 그림자가 없다 달은 그림자가 있다

246 태초에는 시간만 존재하였다

시간이 심심하여 공간을 만들었고
공간이 심심하여 인간을 만들었고
사람이 심심하여 시간을 세고있었다

247 장님이 하늘에서 구름찾기

시간은 죽음의 아들이고, 공간은 시간의 아들이다
문은 열리기 위해 존재하고, 문이 없으면 주인도 없다
죽음뿐 애초에 자연이 없었다. 자연을 찾지 마라

248 눈물 흘리지 않는 동물없다 눈이 있으니

모든 동물은 먹이에 따라 움직인다. 운명의 길이라
먹이가 세상을 지배하고, 패자가 세상을 지배한다
물이 흐르지 않는다고 세월이 흐르지 않는건 아니다

249 죽음이 신이다

이 세상에 죽지 않는 것이라곤 죽음밖에 없다
태초에 죽음이 있었으며, 그 외는 없었다
그가 절대자며 창조주다

250 삶이란 잠깐 공간을 유지하는 것일뿐

어떤 시간이든 어떤 공간이든 존재하지 않는 기억일뿐
존재하지 않는 위대함과 피할수 없는 선택에 이끌릴뿐
돌아갈 곳도 없고 있을 것도 없다

251 나는 어느 점에 있을까 저 먼 사막 속에 한 점으로 있을까

나는 어떤 점에 있을까 저 먼 기다란 행렬 속에 한 점으로 있을까
나는 무슨 점으로 있을까 저 먼 한 점 별 속에 있을까
나는 어느 마음에 있을까 저 먼 한 점 마음에는 별이 있다

252 50억년 전에는 지구도 없었고 1만년 전에는 인간도 없었다

삶, 얼마나 쉬운 일인가 달이 없어진들
죽음, 하나도 어려운게 없다 지구가 없어진들
삶 전으로 돌아갈 뿐이니까 없어지지 않는들

253 미래는 미래도 모른다

태양은 식지 않는다 이 글이 먼저 사라지니까
태양도 언젠가 식는다 그도 그 전으로 사라지니까
심장도 멎지 않는다 그 누가 그 무엇을 지정하랴

254 아무 것도 아니지만 소중하지 않겠느냐

왕으로 산들 거지로 산들 아무 것도 아니다
행복한 만남이든 불행한 만남이든 아무 것도 아니다
이미 죽었든 아직 태어나지 않았든 아무 것도 아니다

255 앎이 망이다 앎은 욕심이오 욕심은 망이다

죽음을 모르니 죽음을 안다 삶을 피하니
삶을 모르니 삶을 안다 죽음을 피하니
수는 망이다 숫자는 욕심이오 셈은 망이다

256 빌 때는 희망이 있다

그 누구를 위해서 빈다면 그 정성을 그 누구에게
그 무엇을 위해서 빈다면 그 심혈을 그 무엇에게
그 정성과 심혈을 나누어서 그 근본에 바쳐라

257 맘 약한 천재여

너 너 너 있느냐
하늘은 그대로인데
오늘은 있느냐

258 헐.. 이 부끄럽네

너희 삶, 하나도 부럽지 아니하고
나의 죽음, 하나도 못하지 아니하네
그런 삶이라도, 그런 죽음이라도, 헐

259 인정하는 것만이 초월이 아니겠는가

늘 진행형 속에 갇혀있지 않는가
정지라곤 침묵이라곤 없지 않는가
탈출구는 정녕 죽음 밖에 없는가

260 깜박 깜박

저 노래는 어디서 흘러나오는걸까 차안인가 방안인가
도대체 나는 어디에 있는걸까 뉴욕인가 부산인가
서울인가 토론톤가 아 또 뉴욕에 돌아와 누웠구나

261 이번엔 직장이 문을 닫았다

아 저 노래는... 뉴욕이구나
설사에 복통에 몸살에 한기에... 그립다 누구던지
그러나 그러나 이제는 외로움에 더하여 아픔마저 즐기자꾸나

262 도시들, 내가 자리를 비웠던 도시들 다들 잘 돌아가고

도시들, 내가 자리를 채웠던 도시들 다들 잘 돌아가고
도시들, 내가 죽었어도 살고있는 듯 도시들 잘 돌아가고
도시들, 내가 살았어도 죽어있는 듯 도시들 잘 돌아가고

263 막막 (허황 얼렁뚱땅 두서없는 아비)

아버지에게 복수하고 싶다는 아이의 말을 들었는가
그들의 가슴은 얼마나 아프고 답답하겠는가
언제가 막을 막을 벗기고나면 환하리다

264 가장 후회되는 것중의 하나

한 사람의 행위를 용서하지 못한거
그 사람을 용서할 자격은 있는지 의문이나
사람만이 할 수 있는 덕목중의 하나

265 자 웃자꾸나

어리석은 이의 소행을 따라했다 한들 바보밖에 더 되겠느냐
약은 이의 전횡을 일삼았다 한들 1등밖에 더 하겠느냐
깨달은 이의 모습을 보였다 한들 인상밖에 더 남겠느냐

266 자 목놓아 울자꾸나

약을 먹은게 독이련가 독을 먹은게 약이련가
아무것도 먹지않은게 독이련가 무엇이든 다 먹은게 약이련가
애초에 약도 독도 없었는가 내자신이 독이련가

267 끝나지 않는 끝

다 하지 못한게 그 무엇이람
사람아닌 사람 그 어디 있으람
그랴 남는게 없는 남음이람

268 심장은 없어도 중심은 있다

그래 그래 술이나 처마시자 내가 계산할건 아닐꺼니
그래 그래 욕이나 퍼마시자 내가 월급줄건 아닐꺼니
그래 그래 내자신이나 쳐부수자 내가 맞기보단 나을꺼니

269 그렇다 죄짓지 않은 자 그 누가 있느냐

아픈 만큼 아파하고 사랑하는 만큼 사랑하자
미워하는 만큼 미워하고 나머지는 다 자신에게로
죄지은 만큼 벌받지 않는다며 그 자리에 머무르지 마시게

270 그렇다 죄지은 자 그 누가 있느냐

사자가 죄를 지었느냐 늑대가 죄를 지었느냐
살아남기 위하여 인간답지 못하였을 뿐 아니련가
짐승으로 살아가는 인간들은 그들 짐승의 길로 갈 뿐이네

271 그 또한 기쁘지 아니한가, 하였는데 말이다. 비겁한 자의
   용기

젊었을 땐 세월이 빨리 가길 바랬지 그만큼 죽음이 다가오니
늙은 지금은 세월이 느리게 가길 바라네 그만큼 체력을 챙기니
죽음, 가까이 하기도 멀리 하기도 힘든 진정한 친구가 아니겠는가

272 그 누가 사자를 부러워하랴, 그 누가 부자를 두려워하랴

사슴은 사자를 두려워하지만 사자를 부러워하진 않는다
사람은 고통을 두려워하지만 고통을 부러워하진 않는다
부러워하는게 고통이라면 두려워하는건 모를 뿐이다

273 뜨거운 눈물을 흘릴수 있는 것도 행복이 아니련가

아무 것도 할 수 없는 막막함......에 울기라도 하자꾸나
행복이 기억나지 않더라도 행복이 무엇인지 모르더라도
희망없고 절망이더라도 울 수 있는 것만으로도 행복이리라

외로움으로 외롭지 않다

274 거지가 되었건 왕이 되었건 행운이 되었던 불행이 되었던

결과의 과정을 알아야 지금을 넘어서서 미래까지 이어진다
과정을 알던 모르던 결과는 같지만 미래는 달라진다
좋아서 웃어도 겸손할 이유고 나빠서 울어도 건강할 이유다

275 물도 흐르고 똥도 흐르고 돈도 흐르고 하늘도 흐른다

어떤 이는 돈을 벌고 웃고, 어떤 이는 웃고 돈을 벌고, 어떤 이는
돈을 벌고 울고, 어떤 이는 울고 돈을 벌고, 어떤 이는 돈을 잃고 울고,
돈을 잃고 웃고, 어떤 이는 웃고 돈을 잃고, 울고 돈을 잃는다

276 돈 돈 돈, 돈을 섬기지 누구를 섬기느냐

나도 없고 너도 없고 그도 없다
꿈도 없고 희망도 없고 내일도 없다
돈도 없고 똥도 없고 천국도 없다

277 저 새는 왜 저 자리에 있을까 무엇을 보고있을까

저 새는 왜 저 나뭇가지에 앉았을까 어디로 날아갈까
저 사람은 왜 저 자리에 있을까 무엇을 보고있을까
저 사람은 왜 공원벤치에 앉았을까 어디로 걸어갈까

278 대리만족이든 보상심리든 대체믿음이든 어떠랴

사랑할게 없는 사랑인들 어떠랴 지킬게 없어도
행복할게 없는 행복인들 어떠랴 가질게 없어도
선택할게 없는 선택이든 어떠랴 있을게 없어도

279 순수한 사랑이 어딨느냐 없는 곳엔 없다

순수하지 않은건 마음이다 있는 곳엔 있다
하얀건 하얗고 검은건 검다 얼마든지 있다
순수하지 않은건 보태기다 욕심이 색을 버린다

280 참회, 순수한 과거마냥 묻혀있던 추잡스런 소행

피해자란 의식도 없이 가해자의 전철만 모방했던 만행
남을 도와준게 다른 남의 인생을 망친걸 뒤늦게 한탄
죄하나 돌하나로 쌓은 돌탑, 돌성, 물반 죄반 망각의 늪

281 휴 그저 그런건가 다 그러려니

뒤돌아보면 똥밖에 흘린게 없구나 휴 안심
들추어보면 욕만 잔득 쌓였구나 휴 한심
따지고보면 아무 것도 한게 없구나 한탄인가 다행인가

282 나는 없어도 그림자는 있다

너희들은 사장 회장 총장 난 송장
너희들은 부자 남자 학자 난 작자
너희들은 있어도 없고 난 없어도 없다

283 마지막 실패를 노래하며

이대로 쓰려질 순 없다 헛된 꿈이라도
이대로 사라질 순 없다 헛된 삶이라도
이대로 죽을 순 없다 헛된 죽음이라도

284 마지막 노래

더 이상 부를 노래가 없구나 듣는 이 없어도
더 이상 부르짖을 말이 없구나 보는 이 없어도
더 이상 쳐다볼 힘도 없구나 아무도 없으니

285 식은 사랑은 시기하지 않는다

이미 활활 불붙은 이 마음, 어쩔수 없다오
다 태워서 재가 되어 날아가길, 기다릴 뿐이오
못내 아쉬운건 재가 됨이 아니라, 혼자 타는거요

286 두렵네 두렵네 두렵네

미안할까 두려운게 아니라 외면할까 두렵네
잊혀질까 두려운게 아니라 몰라볼까 두렵네
죽을까봐 두려운게 아니라 혼자살까 두렵네

287 그 누가 분명히 자신하랴 자신이 제자신이라는거

지금 지니고 있는 이 몸 정말로 내 육신일까
지금 생각하고 있는 이 마음 정말로 내 정신일까
아무래도 아닌것 같아 이미 죽은거 같아 어느 시점인지...

288 배운것도 기억하지 못하고 말짱 도루묵이다

배운것도 써먹지 못하고 말짱 도루묵이다
배운것도 가르치지 못하고 말짱 도루묵이다
답답한걸 무엇으로 뚫나 칼로 피로 그렇다 사랑이다

289 이별 그리고 늘

나무를 바라보며 널 그리며 그리고 빗물 머금고
하늘을 바라보며 널 그리며 그리고 눈물 머금고
구름을 바라보며 널 그리며 그리고 바람 머금고

290 자 자자 자는거 밖에 할 일이 뭐있느냐

자 자자 자는거 보다 더 나은게 뭐있느냐
자 자자 자는거 만이 버틸수있는 힘아니련가
자 자자 그 누가 아니 자고 살아있느냐

291 2002 별나라 이야기

온갖 색의 발광으로 통신하며 색을 느낌으로 보는 꽃사람
꽃잎을 펄럭이며 날아다니고 귀여운 꼬리로 조종하고 사랑한다
무수한 꽃들이 빛으로 태어나며 죽는 아름다운 별, 착한 별이여

외로움으로 외롭지 않다

292 너희들을 세상에 내어놓아 그럭저럭 한국에도

너희들의 슬픔을 함께 아파하며 그럭저럭 뉴욕에도
너희들의 아픔을 함께 슬퍼하며 그럭저럭 아프리카에도
너희들의 기쁨을 함께 기뻐하며 그럭저럭 사람이 산다

293 다 그만한 이유가 있느니라 그걸 핑계로 남기려느냐

지나간 실패를 곱씹으시게 질려서 물리기 밖에 더 하겠느냐
무모한 꿈을 끝까지 좇으시게 죽음에서 어찌 깨어나겠느냐
이유가 있느니라 이건 차디 찬 과정후의 몫이 아니겠느냐

294 옳은 날에 옳은 사람과 옳은 일보다 행복한게 있으랴

옳은 날과 옳은 사람이 아니어도 옳은 일이 있으리다
옳은 사람과 옳은 일이 아니어도 옳은 날이 있으리다
옳은 날과 옳은 일이 아니어도 옳은 사람이 있으리다

295 그때 태어날 이유와 그때 죽어야할 이유가 있으리다

아프다 그때 만나야할 이유와 그때 헤어질 이유가
슬프다 그때 사랑할 이유와 그때 미워할 이유가
괴롭다 그때 이유도 잊혀졌고 그때 운명도 묻혀졌다

296 살만큼 살았으니 짐을 정리하세

언제 어디서 어떻게 죽어도 미련이 없고 만족하네
부모 형제 아이들 친구들 다 미안하고 다 고맙네
사랑으로 세상이 아름다웠네 물러남도 행복하네

297 원하는 걸 다 버릴 순 있다 분명하게 하나는 남는다

원하는 걸 다 가질 순 없어도 하나도 못 가질 건 아니다
원하는 걸 다 할 순 없어도 하나도 못 하는 건 아니다
원하는 걸 다 이룰 순 없어도 하나도 못 이루는 건 아니다

298 원인으론 변명이고 결과론 정답이다 - 정답없는

시대적이든 지리적이든 환경적이든 찰라적이든
여건이든 배경이든 선택이든 동기이든
그림책은 널려있었고 색칠은 당신몫이었다 - 문제없다

299 노는게 자는거고 자는게 노는걸세 하루도 일일세

베짱이 노는게 일이고 개미 일하는게 노는걸세
호랑이 먹는게 일이고 벌 노는게 먹는걸세
선생님 가르치는게 노는거고 제자들 배우는게 노는걸세

300 내가 고기를 잡을 때 나라는 도둑을 잡았다

자네가 농사를 지을 때 나라는 아파트를 지었다
우리가 공부를 할 때 나라는 수출을 하였다
우리가 법을 지킬 때 그들은 나라를 팔았다

301 자네가 주인공 역할을 할 때 나는 구경을 하였고

그녀가 무대에서 노래를 부를 때 나는 열심히 들었고
그들이 자신들의 주장을 펼칠 때 나는 티비를 보았고
모두들 사람으로 살 때 나도 사람이었다 나도 사람이었다

302 웃음도 치아뿌고 울음도 치아뿌고 구경도 다 치아뿌라

시작도 치아뿌고 끝도 치아뿌고 지금도 다 치아뿌라
우정도 치아뿌고 애정도 치아뿌고 부모도 다 치아뿌라
삶도 치아뿌고 죽음도 치아뿌고 치아뿌는 것도 다 치아뿌라

303 모든 것은 하나로 이루어지지 않는다

얼굴이 예뻐서 사랑을 하였다 단지 그것만은 아니였다
배가 고파서 강도짓을 하였다 단지 그것만은 아니였다
우연이나 악연으로 사람을 죽였다 왜 그였겠는가 그만

304 살아생전 세상의 좋은 음식 다 맛을 본들

좋은 책 다 읽어보지 못한들 다 그만일세
좋은 음악 다 듣지 못한들 다 그만일세
좋은 성감 다 겪어보지 못한들 다 그만일세

305 돈 잃고 사람 잃고 영혼 잃고 최악 - 누구의 판단인가

돈 얻고 사람 얻고 영혼 얻고 최상 - 누구의 선택인가
돈 잃고 사람 얻고 영혼 얻고 적합 - 돈 잃고 사람 잃고 영혼 얻고 적절
돈 얻고 사람 얻고 영혼 잃고 적당 - 건강 잃어도 다 잃는건 아니다

306 이쁜이와 개구리

님은 얼굴도 이쁘고 마음도 이쁘고 몸은 더 이쁘네
자기는 얼굴도 깨끗해 마음도 깨끗해 몸은 더 깨끗해
이쁜이는 옹달샘처럼 물이 솟아나고 개구리는 마신다네

307 한 나무를 바라다보면 생각나게 하는 그대

먼 하늘을 우러다보면 눈물나게 하는 그대
떠나가는 구름을 쳐다보면 처량한 나의 신세
빈 주머니 가득 채워지면 부를 수 있는 그대

308 환갑에 깨달은 나의 변치않던 이상형의 기원

초등때 수술한 친구집을 자주 방문했었지 하얗고 지적인
누나에게 끌렸지만 말한마디 나누지 못하였고 고등때 친구의
죽음으로 왕래는 끊어졌고 저 먼 상태로만 애틋히 이어졌네

309 베풀기만 하셨던 선친에게 따졌다

되돌려주는걸 늘 사양하시다 첫째인 딸이 결혼하여 들어온 부조금을
확인하곤 이건 아니다 하셨다. 다섯째 막내인 딸의 결혼 부조금에도
같은 말씀을 하셨다. '남들에게 아버지 칭송받고 아들은 욕 듣소이다.'

외로움으로 외롭지 않다

310 아버지를 용서하여 다오 (홀아비의 고백에서)

아니다 아니다 이 세상의 모든 사람을 용서하더라도
이 아비만큼은 용서하지 말아다오 그렇다 그렇다
이 세상의 그러한 모든 것이 아버지의 잘못이다

311 가장 좋고 가장 강하나 용서는 없다

우월적 타협에 의한 동정과 이용가치의 유효성이 공존하고 있던지
수동적 체념에 의한 동정이 사랑과 공존하고 활용도가 남아있던지
몰라서 용서가 되어도 알아선 용서되지 않는다 단 용서는 용서가 한다

312 더 현실같은 꿈이, 더 꿈같은 현실이 이어지고

아는 이 하나없는 뉴욕입성, 15년이 꿈이련가 아직도 헤매고 있다
아직 한국의 아이들이 미대사관을 들락거리는게 꿈아닌 현실이련가
이미 그들이 더 잘 적응한 낯선 생활도 오래건만 여태 안타까운 꿈이다

313 모든 것에 감사하고 아닌 것에 더 감사하리

가진 것에 감사하고 못 가진 것에 더 감사하고
태어나기 전에 감사하고 죽은 후에 더 감사하고
감사할 수 없는 것에 감사하고 더 감사할 수 있는 것도 있으리

314 있는 그대로 잠잠한 우주로 돌아가며

해도 후회 안해도 후회 이왕이면 결혼하고 후회하듯
태어나도 후회 안태어나도 후회라 하고 이왕이면 태어나서
맘껏 후회도 하고 아파도 보더라도 기쁨 한주먹은 쥐어보자

315 어떻게 하면 인간이 지구를 없앨 수 있을까

어떻게 하면 인간이 생물을 지울 수 있을까
파괴로 해답을 얻을 수도 죽음으로 삶을 찾을 수도
어떻게 하면 암흑이 인간을 살릴 수 있을까

316 공간없는 공간 시간없는 시간 없는 있음

138억년전, 시간이 있기 전의 시대는 얼마나 이어졌을까
1,400억년, 무시간대였을까 그 전의 시간대는 또한 얼마였을까
그러길 1조 거듭하였다면, 현재만 영원하리라, 있음으로 없으리라

317 시간 없었던 시간 공간 없었던 공간 얼마나 됐을까

어떻게 아무도 없었던 아무도 없던 무엇에 누군가 나타나고
누군가 나타나서 시간을 재어보고 공간을 재어보고 재어보고
재어보다 다투고 다투다 죽고 그렇게 하루가 익고 하루가 익고

318 태풍은 사람을 모른다 바람은 사람을 모른다

태양은 사람을 모른다 빛은 사람을 모른다
빛으로 모든게 빚어졌다 빚어진게 빛은걸 모른다
사람은 사람을 모른다 마음이 마음을 빚는다

319 사람, 별, 이름이 없다고 몸이 없는건 아니다

무명에서의 질서와 이유없는 공간은 우주의 한 미소다
끊임없는 혼돈과 이어지는 함몰은 우주의 한 정의다
다터지는 폭발과 다급한 뜨거움은 우주의 한 배설이다

320 중력의 기쁨 슬픔 그리고 반중력의 허무

샤워를 하며 중력의 즐거움을 느낀다 떨어지는 물방울
섹스를 하며 중력의 기쁨을 가진다 분출하는 눈물방울
타원구로 빨려드는 중력의 슬픔은 죽음이다 물리를 벗어나는

321 아무리 작은 오늘이라도 어제보단 내일보단 크다

아무리 광대한 우주라도 마음 안에 담을 수 있고
아무리 엄청난 시간이라도 마음 안에 담을 수 있고
아무리 조그만 손톱이라도 그 마음을 담을 수 있고

322 없음은 찾지 않고, 있음은 찾는다

없는 소리는 그대로 남고, 어두운 밝음
없는 사물은 그대로 남고, 밝은 어두움
없는 표현은 그대로 남지 않는다 ......

323 모름은 찾지 않고, 앎은 찾는다

없는 시간은 그대로 남고, 어둠보다 더 어두운
없는 공간은 그대로 남고, 밝음보다 더 밝은
없는 인식은 그대로 남지 않는다 ......

324 나이는 먹어도 시간은 먹지 않는다

느끼려 하지 않을뿐 땅도 감옥이고 몸도 감옥이다
알려고 하지 않을뿐 바다도 감옥이고 마음도 감옥이다
아니라고 하지 않을뿐 하늘도 감옥이고 시간도 감옥이다

325 좋아도 나빠도 다 같은거지머

하루살이로 하루를 살다가도 이런 일 저런 일 당하더라도 행하더라도
거북이로 백년을 살다가도 이런 거 저런 거 알더라도 모르더라도
인간으로 어떻게 살다가도 이런 말 저런 말 듣더라도 말하더라도

326 아픔이라 다 같지 않다 눈물도

손해보는게 더 이득일 수도 있고
어리석은게 더 현명할 수도 있고
살아남는게 죽음보다 더 못할 수도

327 단지 하나의 꽃을 피우기 위하여 백년을 기다려왔고

단지 하나의 열매를 맺기 위하여 천년을 기다려왔고
단지 하나의 꿈을 이루기 위해 만년을 기다려왔고
단지 인류의 멸망에 이르기 까진 하루도 걸리지 않는다

328 사실 똑같지 아니한가 죽어 있던지 살아 있던지

티비를 보고 있거나 티비를 보고있지 않거나, 전화를 하고있거나
전화를 하고있지 않거나, 별 밤의 한 모퉁이에서 서성이거나
50년 전 별 밤의 한 모퉁이에서 서성이던거나 똑같지 아니한가

329 나비 나비 하늘 하늘 떨림의 기억으로 저려온다

안타까움이 잊혀지는 안타까움
미안함이 희미해지는 미안함
고마움이 지워지는 슬픔, 그마저 지워지는구나

330 어디로 가란 말인가 또 꿈으로만

방의 바닥이 일어나는가 밖으로 나가라고
세상이 등을 떠미는가 밖으로 나가라고
지구가 발길로 내차는가 밖으로 나가라고

331 태양보다 밝은 별도 많다

있으면 있는 대로 살고 없으면 없는 대로 살고
있으면 있는 대로 죽고 없으면 없는 대로 죽고
알면 아는 대로 믿고 모르면 모르는 대로 믿고

332 풍경의 울음

비가 옵니다 구름이 길이런가
하늘이 웁니다 바람이 마음이런가
스님이 옵니다 부름이 사랑이런가

333 모두 다 허상이로다 진상은 마음일뿐

돈도 사랑도 다 허상이로다 진상은 세월일뿐
젊음도 건강도 다 허상이로다 진상은 바람일뿐
명성과 명예도 다 허상이로다 진상은 이슬일뿐

334 사기여 사기여 다 사기여 인간으로 태어난게 사기여

오해여 오해여 다 오해여 인간으로 판단하는게 오해여
거짓이여 거짓이여 다 거짓이여 인간으로 사는게 거짓이여
참이여 참이여 다 참이여 인간으로 죽는게 참이여

335 새는 새일 뿐이고 사람은 사람일 뿐이고 해는 해일 뿐이다

사랑은 사랑일 뿐이고 미움은 미움일 뿐이고 과거는 과거일 뿐이다
행운은 행운일 뿐이고 불행은 불행일 뿐이고 현재는 현재일 뿐이다
죽음은 죽음일 뿐이고 삶은 삶일 뿐이고 미래는 미래일 뿐이다

336 너는 너일 뿐이고 나는 나일 뿐이고 우리는 우리일 뿐이다

부모는 부모일 뿐이고 자식은 자식일 뿐이고 진리는 진리일 뿐이다
선생은 선생일 뿐이고 제자는 제자일 뿐이고 거짓은 거짓일 뿐이다
부자는 부자일 뿐이고 거지는 거지일 뿐이고 세상은 세상일 뿐이다

337 물은 물일 뿐이고 불은 불일 뿐이고 눈물은 눈물일 뿐이다

그림은 그림일 뿐이고 음악은 음악일 뿐이고 아픔은 아픔일 뿐이다
산은 산일 뿐이고 하늘은 하늘일 뿐이고 외로움은 외로움일 뿐이다
오로지는 오로지일 뿐이고 더불어는 더불어일 뿐이고 나눔은 나눔일 뿐이다

338 새도 서로 알아보고 나무도 서로 알아보고 사람도 서로
알아본다

풀도 서로 알아보고 물도 서로 알아보고 무덤도 서로 알아본다
서로 알아봐도 그만이고 서로 알아보지 못하여도 그만이다
서로 그만이여서 무상하고 서로 그만이지 않아도 무상하다

339 추석, 이 보름달을 얼마나 더 볼 수 있을까

1번이면 365 밤, 10번이면 3,650 밤, 무지 남았다 끔직하도다
뭔 야단이느냐 그동안 수많은 밤을 수만번의 밤을 넘겼지않는가
감사하라 먼저 감사하라 무엇이든 감사하라 감사하지 않은 것에 감사하라

340 가득 찬 허망함 - 그 끝

우리가 헤어진지 벌써 수년이 흘렀구려 그 끝도 이미 바랬구려
그 끝은 아직 끝이 아니라오 이제 시작일 뿐이오 피워보지 못하고
시든 그 시작처럼 이 시작은 아직 시작도 되지 않았구려

341 지금이 지금이 아니라면 지금은 없다

지금이 과거도 아니고 미래도 아니고 현재란 말인가
지금이 죽음도 아니고 삶도 아니고 중간이란 말인가
지금이 나도 아니고 너도 아니고 이동이란 말인가

342 중간을 위한 중립보단 중립을 위한 중간으로

선을 지켜주는 악보단 악을 물리치는 선으로
추함을 물리치는 아름다움보단 아름다움을 지켜주는 추함으로
자신을 위한 대중보단 대중을 위한 자신으로 서로가 빛나지 않는가

343 어디에선가는 펑펑 눈이 내리고 있다

어디에선가는 뜨거운 햇빛이 내리쬐고 있다
누군가는 즐거워 행복해하고 있다
누군가는 엉엉 울고 있다

344 끝내 다다른 느낌

그냥 눈물이 납니다 하고 싶은 일은 없어요
그냥 외롭습니다 보고 싶은 사람도 없어요
그냥 있습니다 가고 싶은 곳도 없어요

345 슬픔을 슬픔으로 받아들일 수 없는 사람에겐 슬픔도 없다

골통은 잡동사니로 가득 찼고 어지러움으로 눕지 못하고
맘통은 오물로 가득 찼고 외로움으로 울지 못하고
밥통은 술로 가득 찼고 안타까움으로 죽지 못하고

346 오늘도 삶의 모퉁이 한 거리를 걷고있구나 끝은 어디멘고

시애틀의 낯선 거리를 걷고있구나 여기가 끝은 아닐테고
상하이의 낯익은 거리를 걷고있구나 여기가 시작은 아니였을테고
그리스의 한적한 바닷가 거리를 걷고있구나 텅빈 거리로 남아있을테고

347 누구를 만나려 이 멀리 여기까지 왔을까

얼마나 그리워하려 이 멀리 여기까지 왔을까
누구를 위하여 이 멀리 여기까지 왔을까
어떻게든 살아가려고 이 멀리 여기까지 왔었다

348 이 강을 건너가면 그대가 있을 듯한 기분, 있을 리가
    없을텐데

이 산을 넘어가면 그대를 만날 듯한 기분, 만날 리가 없을텐데
이 바다를 건너가면 그대가 기다릴 듯한 기분, 기다릴 리가 없을텐데
저 쪽이라도 가능할 리가, 과연 살아는 있을까 과연 내가 존재는 하는가

349 보고 싶은 사람을 볼 수 있는 자격이 과연 있을까

보고 싶은 사람보다 나은 사람을 만날 수는 과연 있을까
보고 싶은 사람을 볼 수 있는 자격이 없으면 그리움마저 안될까
보고 싶은 사람이 보고 싶어 하지 않으면 추억마저 포기할까

350 할 수 없는거 생각말고 할 수 있는거 감사하고

될 수 없는거 생각말고 될 수 있는거 감사하고
해선 안되는거 포기하고 하여야만 하는거 즐기자
되어선 안되는거 포기하고 되어야만 하는거 열심히

351 9를 1로 보기도 하고 9로 보기도 하고 숫자가 아닌걸로도
    - 집중과 집착

9를 8로 보기도 하고 10으로 보기도 하고 믿음이 안가는걸로도
9를 9로 안보기도 하고 6으로 돌리려고도 3으로 나누려고도 안하고
8를 쪼개면 4이기도 하고 3이기도 하고 0이기도 하다

352 한 때는 아이중의 한명이었고, 지금은 할아버지중의 한명이다

한 때는 아빠중의 한명이었고, 지금은 살아있는 사람중의 한명이다
한 때는 그들중의 한명이었고, 머지않아 죽을 사람중의 한명이다
한 때는 나만이 유일한 존재였고, 지금은 내빼고 다 존재한다

353 그리고 다시

진실하지 않다는거 진실이고
확실하지 않다는거 확실하고
우연일 수밖에 없는 인연

354 좋은건 당신 덕이고 나쁜건 내 업이로소이다

기쁨은 나누고 슬픔은 혼자서 아무렴 그렇지
먹는건 나누고 아픔은 혼자서 아무렴 그렇고 말고
삶은 나누고 죽음은 혼자서 아무렴 아무렴이나

355 아니다 아니다 이걸로 끝이 아니다

그래 그래 이걸로 끝이다 더 이상은 아니다
너도 힘들고 나도 힘들고 세상은 더 힘들다
그래 그래 이걸로 끝이다 이제는 아무 것도 아니다

356 그려 어차피 감옥이 아니련가

지금 이 순간 정녕 자신이 원해서 이 자리에 있는가
지금 이 순간 정녕 자신이 원해서 이 일을 하고있는가
그려 삶이 아니라 오히려 죽음이 감옥이 아니련가 영원한

357 한 평생 바라온게 흑백 티비 죽음이련가

한 평생 기어온게 그림자 발자국이련가
한 평생 매달려온게 하늘 위 징검다린가
한 평생 버텨온게 없는 사다린가

외로움으로 외롭지 않다

358 몇년 몇월 며칠이 아니다 어느 점이다

어느 점에서 태어나기도 하고 죽기도 하고 어느 점에서 무엇을 한다
점이 선이 되고 선이 그림이 되고 그림이 움직이기도 하고 끊어지기도 한다
점이 생기기도 하고 사라지기도 하고 점이 영원하기도 하고 죽음이기도
      하다

359 죽음의 눈물

어디멘고. 길이련가. 어둡고 차갑고 아득한 관이련가
똑똑 떨어지는 물방울. 주시련가. 무시련가. 뼈의 녹이련가
무표정. 남아 있는건 기억이련가. 눈물이련가. 울림이련가

360 이 친구도 죽고 저 친구도 죽고 그 친구도 죽고 다 죽었네

이 마음도 죽고 저 마음도 죽고 그 마음도 죽고 다 죽었네
이 세월도 죽고 저 세월도 죽고 그 세월도 죽고 다 죽었네
이 별도 죽고 저 별도 죽고 그 별도 죽고 다 죽었네

361 백지로 태어나서 백지로 돌아가고 백지로 살았다

부끄러워한거 사실이고 부러워한거 사실이고 후회한거 부족함이 없다
구걸한거 많고 도적질한거 많고 눈물로 용서도 빌었다
남은거라곤 백지뿐 그 숱한 채색도 다 흉내뿐

362 살아도 그만 죽어도 그만 그만 아닌게 뭐냐

죽어도 좋고 살아도 좋고 좋지 않은게 뭐냐
좋아도 좋고 싫어도 좋고 그만 좋지 않은가
그만 좋고 그만 싫고 없는게 다 있지않은가

363 헛살았더라도 헛죽지는 말고 그냥 죽자

그냥 말을 하는게 아니라 뭔가 들리게끔 하였고
그냥 보여주는게 아니라 뭔가 보여주려 하였고
그냥 삶을 사는게 아니라 어떤 삶이란걸 살았고

364 헛살았다는거 헛생각이니 헛빵이로다

헛빵이라는거 헛생각이니 참삶이어라
어떻게 살든 어떻게 죽든 한 삶이고 한 죽음이어라
다시는 태어나지 못하고 다시는 생각하지 못하니 참모습이어라

365 내 속에 여러 사람 살아있다 DNA로

1억의 정자중 어느 걸로 태어나도 다 내자신이다
1억의 물고기중 거의 다 죽더라도 그 물고기는 살아있다
무자식으로 죽더라도 여러 자손에 걸쳐 그는 살아있다

366 천지가 피눈물로 가득하도다 그리고

형제의 피는 한줄기며 헤어진 부모의 피는 영혼으로 맺어진 한줄기로다
앞으로 맺어질 배우자의 피도 한줄기며 헤어질 배우자의 피도 한줄기로다
미래의 모든 눈물도 한줄기며 미래의 모든 기쁨도 한줄기로다

367 존재 보상, 너무 너무 미약하지만 우주의 한 흐름, 전체이어라

그려, 지구상에 3천만종 이상의 생물이 살고있지 아니한가
그려, 그나마 인간으로 하루를 살고가도 복이지 아니한가
그려, 인간이란 인연 하나 만으로도 우주의 보상이 아니런가

368 외로움 방어로 외로움을 지운다면 죽음 방어도 그러하네

마음에 없으면 이미 죽었고 마음에 있으면 늘 살아있네
삶은 마음에 머물지 몸에 머물지 않는다네
죽음은 몸에 머물지 마음에 머물지 않는다네

369 여러분 지금 어떻습니까? 물론 좋지 않으시죠

맨몸으로 태어나 몸에 걸친거라도 있다는 위선적 위안도
맨몸으로 태어나는데 부모님의 투자에 비한다면 적자라도
지금 그 어떤 손실보다도, 지금 다시하는 시작이 고귀하죠

370 내일은 무슨 날인가요? 내일은 월요일이랍니다

내일은 무슨 날인가요? 내일은 생일이랍니다
내일은 일어나는 날이랍니다 내일은 내일을 기다리는 날이랍니다
내일은 어제를 그리워하는 날이랍니다 내일은 기일이랍니다

371 진실이 꼭 아름다운건 아니다 거짓이 아름답기도

아름다운게 꼭 좋은건 아니다 추한게 좋기도
좋은게 꼭 좋은건 아니다 쓰게 달기도 달게 쓰기도
모르는건 용서되고 아는건 슬픔이고 슬픔이 꼭 아픈건 아니다

372 어릴 땐 산타나 귀신의 존재를 믿었지 마음이 열려서

여러 모습의 괴물이 등장하는 악몽에 시달렸지 마음이 여려서
인자한 자신의 지금이 그때의 괴물은 아닐까 마음이 닫혀서
참 착하게 생겼네요 들으면 속은 아니다오 한 건 괴물의 겸손인가

373 지금의 악몽도 지나고나면, 아무것도 아니다

시간이 약이 아니라, 자신이 점점 희미해져간다
지금의 무상도 지나고나면, 아무것도 아니다 헐
시간이 되돌아가는게 아니라, 자신이 점점 전이되어간다

374 개미들은 눈이 없다 그래도 불만이 없다

숲을 못보더라도 하늘을 모르더라도 불평이 없다
물고기들은 다리가 없다 그래도 불쌍하지 않다
육지를 못오르더라도 우주를 모르더라도 불편하지 않다

375 혼자만의 여행이라면 어디든 못가랴 아무도 모를진데
   저장오류

전생의 기억이 무슨 소용이 있으랴 나의 것이 아닐진데 입력오류
후생의 행복이 무슨 소용이 있으랴 나의 것이 아닐진데 출력오류
지금의 깨달음이 무슨 소용이 있으랴 나의 것이 아니라면 전달오류

외로움으로 외롭지 않다

376 그 때 그 곳에서 그 생각을 깊숙이 했었지

그 무엇이란 말인가 그 때를 잊었을까
그 곳을 잊었을까 그 생각을 잊었을까
잊지 않았어도 기억하지 못하고 잊었어도 기억할까

377 한 부족이 다 없어지는데 뭘 움켜쥐랴

한 나라가 다 없어지는데 뭘 고집하랴
한 별이 다 없어지는데 뭘 어떠하랴
나 하나 다 없어진들 뭘 내세우랴

378 참말이 뭔지도 모르는 놈 -참회-

늘 순수하다 했지만 한마디로 더러운 놈
거짓말을 하지않는다 했지만 뭔지도 모르는 놈
뻔뻔한 망각을 양파처럼 벗겨내니 침묵으로 배여있는 눈물만

379 내 인생에 잘못한건 셀 수 없을 정도로 많고

내 인생에 잘한건 딱 하나다 절망에 맞섰다는거
다친건 부지기수로 많고 해친건 모를 뿐이다
알게된건 무지 많았으나 불의에 맞서진 못하였다

380 양수도 흐르고 외침도 흐르고 불효도 흐른다

경은 같은 경이나 시기와 장소에 따라 배움이 다르다
내 글은 수학처럼 변함없이 굴러만 다닌다 1 + 1 = 2
경은 자유자재로와 수백번 수천번 낭송해도 느낌이 다르다

381 바꿀 수 있더라도 바꾸고 싶지않다

과거로 돌아가고 싶지않다 아무리 처절한 순간을 모면하더라도
미래로 건너뛰고 싶지않다 얼마나 황홀한 순간이 펼쳐지더라도
현재도 있고 싶지않다 어디선가 누군가 나를 대신할거라고

382 없어도 한다 없는게 없다

주연이든 조연이든 단역이든 관중이든 무엇이든지 한다
강이든 산이든 물이든 공기든 무엇이든지 된다
있는게 없다 다 비워있어도 다 가졌다 비움이 있으니

383 기어다니는 거 걸어다니는 거 날아다니는 거

다니고 다니고 또 다니고 그러다 그러다 그만 두고
다니다 다니다 엎어지고 떨어지고 갇혀지고 그러는 거
그만 두다 그만 두다 죽고 죽고 그러다가 그러다가 없어지는 거

384 달콤한 내 인생은 죽음을 위한 운명이어라 늘 빌어먹고

죽기 위해 공부하고 죽기 위해 일하고 죽기 위해 노는구나
죽기 위해 일어나고 죽기 위해 쉬고 죽기 위해 자는구나
죽기 위해 살아있고 죽기 위해 사랑하고 죽기 위해 죽는구나

385 나 혼자였다 아무도 없었다 오호라 뒤늦은 참회

부끄러워하지 않았다 오호라 통제되지 않은 거짓말이였다
부러워하지 않았다 오호라 절제되지 않은 헛소리였다
거짓말하지 않았다 오호라 정제되지 않은 위선자였다

386 삶이라는거, 막연한거에 대한 보상으로 뿌리치기 힘든 허상

사랑이라는거, 무언가에 대한 파동으로 붙들어매고 싶은 착각
우주라는거, 확실한거에 대한 믿음이나 외면하고 싶은 진실
죽음이라는거, 시간에서의 완벽한 해방

387 편히 보내시게 알고는 못한다지만 모르고는 하지않는가

이번 일이 아니었다면 다른 일로도 가셨을테니 편히 보내시게
잔치를 하시게나 아니면 기념이라도 하시면서 편히 보내시게
님 모르고 자신 모르고 다 모르는 것보단 낫지않소 편히 보내시게

외로움으로 외롭지 않다

388 이 나이에 좁은 비행기에서 13시간 동안 시달리는
　　고국방문은 끔찍하고

차라리 후러싱 묘지에 한 자리잡아 편안히 눕는게 좋을텐데 그건 돈이 많이
　　들고
죽거든 화장해서 대서양에 뿌려다오 언젠간 고국땅에 뼛물이라도 돌아 돌아
　　닿겠지
80세 넘으면 사체기부도 거부당하니 그전에 죽어야하는지 싼 화장을 두루
　　찾던지

389 귀신도 모른다 1년에 한번씩은 모여다오 아버지가 죽고도

우리는 안다 지금처럼 망년회겸 12월 어느 날이라도
귀신은 안다 1년에 12번 제사를 아버지가 다 줄였듯이
우리는 모른다 산 사람의 침착하고 기리는 마음이 우선이라는거

390 금수저든 흙수저든 수저만 들 수 있으면 살만하고

수저를 들던 못들던 들 수 없다는걸 알기만 해도 살아있고
살아있던 죽어있던 기억만 되고 있으면 살았었고
살았었던 못살았었던 존재의 여지만 있으면 삶이다

391 먼 훗날 먼 훗날이 까마득한 먼 전날이 되었구나

훗날 훗날 부풀렸던 꿈도 있었는지 그존재가 의심스럽구나
훗날 훗날 기대했던 삶도 잊혀져서 내자신이 누구이련가
훗날 훗날은 존재하지 않고 수많은 전날만 마르고 닳았구나

392 매일 새로운 해가 뜨는데 왜 새로운 날을 맞이하지
   못하는가

매일 목욕하는데 왜 순결하지 못할까 일회용 바람막이련가
매일 참회하는데 왜 순수하지 못할까 임시 파도막이련가
매일 어제의 그늘로 어제의 때로 어제의 욕심으로 살아가기 때문이 연가

393 언젠가 내 숨도 멎을 것이고 기다리는 사람들은 돌아갈
   것이고

언젠가 내 피도 멈출 것이고 기다리는 사람들이 달려들 것이고
언젠가 내 혼도 잊혀질 것이고 기다리는 사람들은 흩어질 것이고
언젠가 내 마음도 흩어질 것이고 기다리는 사람들도 잊혀질 것이고

394 죽고나면 죽은 줄도 산 줄도 모른다는 슬픈 이야기

태어나지 않으면 죽음도 삶도 모르랴는 막막한 이야기
죽고나서 죽은들 산들 어쩌랴는 아득한 이야기
살아있으며 죽은 줄도 산 줄도 모르는 아픈 이야기

395 죽음은 다 죽음이고 삶은 다 삶이고 생각은 다 생각이다

쉬운 문제를 어렵게 풀고 바른 길을 돌아간다 그걸로
어려운 문제를 쉽게 풀고 돌아가는 길을 바르게 하기도
큰 일도 작은 일처럼 풀고 불행을 다행으로 돌리기도 한다

396 없는 거는 있는 거처럼 있고 있는 거는 없는 거처럼 없다

한 장면이 지나가고 하루가 지나가고 아니면 장면이 없다
한 사연이 넘어가고 한 해가 넘어가고 아니면 사연이 없다
한 인생이 그치고 한 우주가 그치고 아니면 인생이 없다

397 흰 돌이 놓이는 바둑판, 먼 별의 드넓은 벌판에 있는 한
　　돌멩이

푸른 하늘을 가로지르는 비행기, 이끼사이로 지나가는 개미, 김이 나는
　　주전자, 시골길을
굽어도는 차, 한적한 아마존의 가냘픈 수초, 툰드라의 순록에 달라붙는
　　모기들, 주름진
노인의 검은 눈동자, 나뭇가지 사이로 지나가는 조그만 새들, 없어질 존재의
　　존재

398 태어나면서 체념이 시작된다

돈 떨어져 물욕에서 해방되는, 기력 떨어져 성욕에서 해방되는 수동적
해방도 한 기쁨이어라 사람 떨어져 자신 떨어져 살고자하는 욕구에서도
해방되는거 한 해탈이려나 죽음의 순간이 마지막 체념이며 안식이어라

399 보이지 않는 힘에 이끌려 살아간다는 유리사슬 (첫 책 제목)

사실 사람은 다 한 사슬로 사는거 아니오
직접 돌아가신 아버님도 사슬에 의하여 사슬로 사셨소
다 사슬로 태어나고 다 사슬로 죽어나고 다 사슬이오

400 산다는 것은 살아있다는 것이고 죽는다는 것은 죽어가고
　　있다는 거다. 사슬 2

사랑한다는 것은 사랑하고 있다는 것이고 죽은 것은 죽어있다는 거다
망각한다는 것은 망각하고 있다는 것이고 기억한다는 것은 기억하고 있다는
　　거다
기억되고 있음은 살아있고 망각되어 있음은 죽어있고 죽어있음은 있음으로
　　없다아

401 땅 1평 없어도 좋다 지금 이 밤이 있다

저어기 넘어 저어기 저 별에는 내 땅이 있다
드넓은 언덕엔 물도 흐른다 내 땅에는 물도 흐른다
마음으로 이미 닿아있고 언젠가는 수억년 후에는 몸도 닿을 것이다

402 흐르다 흐르다 흐르다 죄 흐르다 2

흐리다 흐리다 흐리다 창 흐리다
구르다 구르다 구르다 업 구르다
가리다 가리다 가리다 영 가리다

403 다 그만한 이유가 있다 - 저서 외계인과 단군에서

왜 우주가 탄생하였을까 - 이유를 밝히려고
왜 생물이 탄생하였을까 - 이유를 숨기려고
왜 사람이 탄생하였을까 - 이유가 없다

404 어디쯤 오고있을까.. 황량한 설원을 지나.. 오기는 오는걸까

언제쯤 오는걸까.. 꺼져가는 촛불을 지나.. 늦는건 아닐까
어떤 이가 오는걸까.. 인연의 자리마저 지나.. 저승사자는 아닐까
어디쯤 오는걸까.. 아는 이는 어딨으며 모르는 이는 어딨는가

405 눈이 내린다 죽은 자들의 시신마냥 한 점 한 점씩 눈이
    내린다

눈이 쏟아진다 죽은 자들의 시신마냥 한 밭 한 밭씩 눈이 쏟아진다
눈이 가라앉는다 죽은 자들의 시신마냥 한 하늘 한 하늘씩 가라앉는다
눈이 쌓인다 죽은 자들의 영혼마냥 한 과거 한 과거씩 쌓인다

외로움으로 외롭지 않다

406 그려 그런 경우엔 아버님은 그리하셨다

그려 그리하셨다 내건 아무것도 아니다
그려 그리하셨다 내건 버려도 적다
그려 그리하셨다 내건 잊어도 좋다

407 마지막은 없다 무엇이든 다시 한다

시작은 없다 무엇이든 있어왔다
없음은 없다 어떻든 있어진다
있음은 없다 어떻든 없어진다

408 시작이란 시작이랄 수 없다는게 더 시작이며

믿음이란 믿음일 수 없다는게 더 믿음이며
정의란 정의로울 수 없다는게 더 정의이며
끝이란 끝일 수 없다는게 더 끝이다 THE END

2

똥에도 질서가 있다

내가 죽어도 내가 살아간다
한 낮처럼

태어나기도 전에 내가 살아왔었다 한 날처럼
내가 살았어도 내가 죽었었다 한 밤처럼
세상이 없었어도 세상은 있어왔었다

0 죽고나서도 잊지 못할 거리, 살아나서도 잊지 못할 마을

눈물로도 씻기지 않는 추억, 잊고나서도 잊지 못할 사람
그저 그런 세월도 잊지 못하고, 그저 그런 사연도 잊지 못하고
그저 그런 작음도 그립고, 그저 그런 없음도 그립다

1 오늘, 드디어 당첨이 되었다. 암이란다. 직장암.

나도 그들 중의 한명이 되었다 무엇으로 버텨야 하나
나도 그들 중의 한명이 될 것인가 무엇을 믿어야 하나
나도 그들 중의 한명이 될 것이다 버티지 못하고 꺽이다

2 이젠 정말로 다 두고 떠나는구나 지금 쏟아지는 따스한
  햇살도

지금 흘러나오는 달콤한 음악도 근간의 아름다움도 슬픔도 인식도
지난 부끄러웠던 일도 지난 괴로웠던 나날들 그리고 지금의 숨....
한편으론 홀가분하다 어떤 죽음을 맞을까 하는 막연한 불안도 비켜나고

3 다 하고 죽은 사람없다 그 누가 있으랴

못하고 죽은 동물없다 어느 동물 있느냐
못하고 죽은 식물없다 어느 식물 있느냐
못하고 죽은 사람없다 생명은 생명으로 마친다

4 영원한 삶은 없다 흩어지기 마련이다 꿈과 다를바 없다

영원한 꿈은 없다 꺼지기 마련이다 잠과 다를바 없다
영원한 잠은 없다 깨지기 마련이다 죽음과 다를바 없다
영원한 죽음은 없다 켜지기 마련이다 삶과 다를바 없다

5 외로움마저 나를 버리는구나 이 세상에서 좀 더 버텨야
  하는데

슬픔마저 나를 버리는구나 이 세상에서 좀 더 울어야 하는데
미움마저 나를 버리는구나 이 세상에서 좀 더 원망해야 하는데
생각마저 나를 버리는구나 이 세상에서 좀 더 깨쳐야 하는데

6 참을 수 밖에 없는 참음, 다른 길이 보이지 않는다

죽을 수 밖에 없는 죽음, 다른 길이 열리지 않는다
반대할 수 밖에 없는 반대, 다른 길을 보지 않는다
태어날 수 밖에 없는 태어남, 다른 길이 애초에 없다

7 부럽지 않은 부러움, 백년을 살아도 하루는 못채운다

늦어도 그때다 이르도 그때다 지금이 그때다
얻어도 그때다 잃어도 그때다 그것이 그때다
죽어도 그때다 살아도 그때다 부러움도 그때다

8 오래 살아서 얻을 욕보단 죽고나서 얻을 해방이 낫지않은가

희망에서 절망을 보는것 보단 절망의 벽에서 희망이 낫지않은가
마음의 질이 떨어진것 보단 생활의 질이 떨어진게 낫지않은가
앎, 죽지 말아야 할 시간보단 죽어야 할 시간이 낫지않은가

9 혼자 남겨질까 두려운게 아니라 혼자 잊혀질까 두렵다

곰팡이 내음에도 정겨운 추억으로 스며드는건 단순한 과거로의 회귀가
　　아니라
삶의 고집스런 아련한 미련이 아니련가 생명으로 태어나는게 따돌림이고
태어나지 않는게 정상이 아니련가. 항상성의 고수. 생명이라 두렵거늘

10 오줌도 제대로 안나오고 똥도 제대로 안나오고 나오는건
　　눈물이로구나

팔도 아프고 자지도 아프고 똥구멍도 아프고 미치는건 마음이로구나
돈도 모르겠고 병도 모르겠고 몸도 모르겠고 아는건 바보로구나
똥도 가늘어지고 설사도 나오고 피도 나오고 가늘어진건 목숨이로구나

11 암은 보지도 못하고 듣지도 못하면서 사람을 죽인다

할 수 없다는 걸 아는게 더 할 수 없는 일이어라
슬플 수 밖에 없다는 걸 아는게 더 슬픈 일이어라
아플 수 밖에 없다는 걸 아는게 더 아픈 일이어라

12 주인공은 나야 나 아픈놈은 나야 나

시끄러운 소리가 그리워질 때도 오겠지
고약한 내음이 그리워질 때도 오겠지
가장 쉬웠던 숨이 벌써 고르지 못하네

13 남기고 싶은게 없는걸 남기고 싶다

빛으로 어둠이 보이고 어둠으로 빛이 보이고
빛으로 빛을 보고 어둠으로 어둠을 보고
있는 걸로 없는 걸 보고 있는 걸로 있는 걸 본다

14 똥구멍으로 또 또 피가 흐르니 눈구멍으로 드디어 눈물이 흐른다

그려 그려 간다 간다 이제는 간다 스스로 떠밀리지 않아도 떠밀린다
태어나지 않았으면 몰랐을 아픔보단 태어나서 알게된 기쁨이 더 큰가
삶과 죽음의 경계는 없다 사람의 세포처럼 다 개별적인 순환이다

15 어제로 가는 내일이든 내일로 가는 어제든 뭔 대수냐

어제로 있는 지금이든 내일로 있는 지금이든 뭔 대수냐
얼마나 가지고 있었느냐 얼마나 오랫동안 살았느냐 뭔 대수냐
기도를 하고있는 지금이냐 기도를 잊고있는 지금이냐 그게 대수다

16 구름이 있어 하늘이 높은줄 안다 가림이 가림이 아니다

창밖을 보던 소년은 어울리지 못하였고 조용하였다 창으로 밖과 연결되었다
앞으로 누워서 창밖을 본다 나무 꼭대기 가느란 가지의 잎으로 세상과
    연결한다
누워있는게 누워있는게 아니다 다른 세상을 만들어낸다 연의 연을 찾아서

17 돌에 걸려 넘어진다 그렇게 하루가 간다 오늘도 땅이
    있었구나

바람에 걸려 넘어진다 그렇게 하루가 간다 오늘도 하늘이 있었구나
빗방울에 걸려 넘어진다 그렇게 하루가 간다 오늘도 지구에 있었구나
발에 걸려 넘어진다 그렇게 하루가 간다 오늘도 사람이 있었구나

18 외쳐도 외쳐도 소용이 없다는거 이미 알고있지 않느냐
　　그래도 외친다

울어도 울어도 소용이 없다는거 이미 알고있지 않느냐 그래도 운다
사랑해도 사랑해도 소용이 없다는거 이미 알고있지 않느냐 그래도 사랑한다
죽어도 죽어도 소용이 없다는거 이미 알고있지 않느냐 그래도 죽는다

19 다 저승길이다 저승길 아닌 길이 그 어디 있느냐

자 마시자꾸나 그래서 마시고 아니면 아니래서 마시자꾸나
아는 길도 물어가듯이 똥도 진지하게 누자꾸나 물도 체하고
아는 길도 돌아가듯이 잠도 진지하게 자자꾸나 죽음도 체하고

20 곧 죽는다 하더라도 하고 싶은 것도 없다

말없이 떠난다 하더라도 잊고 싶은 것도 없다
어떻게 죽는다 한들 기억하고 싶은 것도 없다
역사도 찰라이거늘 남기고 싶은 것도 없다

21 그 누구 때문에 이제 이 세상 마지막에 다다른건가

그 누구 아니였다면 이미 이 세상 사람이 아니였을텐데
그 누구 때문에 이 세상에 발을 들여놓지 않았는가
그 누구 아니였다면 아직 이 세상에 태어나지도 않았을텐데

22 두 번 다시는 못볼 풍경들 지금 보이는 장면 그리고 장면

두 번 다시는 못볼 사람들 친구 형제 자식 그리고 자식
두 번 다시는 못볼 사건들 목숨을 바쳐도 좋았던 열정
두 번 다시는 못볼 인물들 목숨을 바쳐도 좋은 사람

23 방사선 치료로 똥구멍이 붓고 자지가 시리다 똥구멍이 너무 아프다

하루에 아기를 20명씩 낳는다 누워만 있어도 아프다 자지는 불쌍하다
방귀만 나와도 아프다 딱 한번 나오는 방귀에 몸서리치며 뒹군다
똥싸기 공포증에 늘 똥이 마렵든지 무겁다 지리기도 싸기도 한다

24 배 째라! 배 째! 맘껏 째라! ..... 서글프다

잘라라! 잘라! 맘껏 잘라라! ..... 겁난다
붙여라! 붙여! 똥 주머니를! ..... 더 서글프다
죽여라! 죽여! 혹시나 죽을려나? ..... 더 겁난다

25 찾았다 찾았어 잃어버린 나를, 순수한 열정은 어디 갔니

찾았다 찾았어 망가버린 나를, 고운 심성은 어디 갔니
찾았다 찾았어 버려뒀던 나를, 인간적인 양심은 어디 갔니
찾았다 찾았어 잊어버린 나를, 찾아도 찾아도 어디 갔니

26 나무의 똥구멍은 하늘에 있다 나무의 똥구멍은 잎이다

나무는 잎으로 듣고, 보고, 말하고, 냄새 맡는다 그리고 똥도 눈다
나무의 마음은 뿌리에 있다 나무의 뿌리는 머리다 똥 똥
나무의 심장도 뿌리에 있다 나무의 뿌리는 심장이다 똥 똥 똥

27 이제 죽으면, 이른 감이 없지 않고, 늦은 감이 없지 않다

이르면 이른대로 좋고, 늦으면 늦은대로 좋으니, 죽음이 가깝도다
이르다 함은 아쉽고, 늦다 함은 부정이라, 시간만 존재하니
죽음도 없고, 죽은 이도 없고, 다 없으니, 이제 자유로워라

28 왜 고양이로 태어나서 저 고생일까 왜 쥐로 태어나서 저 고생일까

왜 하마로 태어나서 저 고생일까 왜 파리로 태어나서 저 고생일까
왜 코끼리로 태어나서 저 고생일까 왜 나무로 태어나서 저 고생일까
왜 새로 태어나서 저 고생일까 왜 사람으로 태어나서 이 고생이다

29 여기 있으면 여기 있고 다른 곳에는 없어라 다른 넓은 ....

지금 있으면 지금 있고 다른 시간에는 없어라 다른 오랜 ....
살아 있으면 살아 있고 여기 빼곤 삶도 없어라 다른 삶 ....
죽어 있으면 죽어 있고 여기 빼곤 다 삶이어라 다른 죽음 ....

30 용은 용을 낳고, 용은 사람을 낳고, 사람은 용을 낳았다

흑용은 흑용을 낳고, 적용은 적용을 낳고, 사람은 쌍용을 낳았다
용은 죽음을 낳고, 죽음은 용을 낳고, 사람은 낳기를 낳는다
용은 삶을 낳고, 삶은 용을 낳고, 낳기는 사람을 낳았다

31 뜻은 뜻을 낳고, 뜻은 꼴을 낳고, 꼴은 뜻을 낳았다

글은 글을 낳고, 말은 말을 낳고, 사람은 꼴을 낳았다
뜻은 죽음을 낳고, 죽음은 뜻을 낳고, 사람은 사람으로 낳는다
뜻은 삶을 낳고, 삶은 뜻을 낳고, 낳음은 낳음으로 사람이다

32 저승에서 넘볼 수 없는 이승에로의 귀환, 미래와 존재

이승에서 넘볼 수 없는 미승에로의 귀환, 존재와 과거
넘볼 수 없다 하여 미승이 나은 것도 아니고, 과거와 존재
저승이라 하지만 미승처럼 존재하지 아니하고, 존재와 미래

33 어머니를 사랑하지 못하는 자식은 그만큼 불행하다

아버지를 사랑하지 못하는 자식은 그만큼 불행하다
나라를 사랑하지 못하는 국민은 그만큼 불행하다
자신을 사랑하지 못하는 사람은 제일 불행하다

34 소용없는 것에 대하여 소소한 거

보여지지 않는 것에 대하여 보여지는 거
들리지 않는 것에 대하여 들려지는 거
말해지지 않는 것에 대하여 말해지는 거

35 머리없는 동물없고 뿌리없는 식물없다

다리없는 약속없고 꼬리없는 비밀없다
바퀴없는 자동차없고 날개없는 비행기없다
사고없는 운행없고 사연없는 사람없다

36 머리없는 동물있고 뿌리없는 식물있다

사랑없는 사랑있고 미움없는 미움있다
밝음없는 밝음있고 어둠없는 어둠있다
미래없는 미래있고 과거없는 과거있다

37 시작없는 시작, 끝없는 끝, 없음없는 없음

그림없는 그림, 말없는 말, 있음없는 있음
죽음없는 죽음, 삶없는 삶, 없음있는 있음
우리없는 우리, 너없는 너, 있음있는 없음

38 어릴 땐 어머님의 아픔을 대신 갖고싶었다

이제는 치매의 노모가 빨리 죽기를 바랬다
더 큰 고통의 환우들이 덜어지기를 진정하였다
건강이 크나큰 행복이란걸 몰랐던게 너무 아쉬웠다

외로움으로 외롭지 않다

39 이 정도 아픔에는 감사하고 행복해 할 일 아닌가

이 정도 삶이 남아있다는 거 행복해 할 일 아닌가
보이지 않는 습격, 암 진단 전과 후의 삶이 너무 다르다
흐르지 않는 눈물, 누구를 무엇을 위하여 울어야 하는가

40 물이 아래로만 흐른다고 물 탓 하랴 내리 사랑여

연기가 위로만 오른다고 연기 탓 하랴 오를 언덕여
삶이 앞으로만 나간다고 삶 탓 하랴 시간은 공평여
죽음이 뒤로만 쳐진다고 죽음 탓 하랴 공간은 공정여

41 바람에 땅도 날리고 똥도 햇빛에 말린다

빗방울에 산도 뚫리고 돈도 행운에 뚫린다
파도에 바위도 부서지고 사랑도 돈에 깨어진다
세월에 사람도 깍이고 죽음도 시간에 깍인다

42 암은 이기는게 아니고 사랑이다 정말?

불행은 극복하는게 아니고 사랑이다 정말?
이미 닥쳤다고 체념하는 건 아니다 정말이다
가장 사랑하는 연인처럼 다루어라 그럼 떠난다

43 지금 이런 식으로 살아있는게 무슨 의미가 있을까

그런 식으로 살아왔던 과거, 무슨 의미가 있을까
이런 식으로 살아갈 미래, 무슨 의미가 있을까
무슨 의미가 있을까 라는 의문은 무슨 의미나 있단 말인가

44 평범하게 산다는 게 가장 어려운 꿈이여

그냥 사는 게 가장 쉽고 그게 평범한 삶이여
평범하지 않은 삶이 어디 있으랴 뭘 기대하느냐
평범하지 않은 죽음이 어디 있으랴 그게 꿈이여

45 어디 아프지 않은 사람이 그 어디에 있느냐 다 아프다

어디 슬프지 않은 사람이 그 어디에 있느냐 다 슬프다
어디 보이지 않는 사람이 그 어디에 있느냐 다 보인다
어디 존재하지 않는 사람이 그 어디에 있느냐 다 존재한다

46 그 수많든 생명들은 다 어디 갔는가

미처 태어나지 못한 생명들도 무진장 아니런가
앞으로 태어날 무한한 생명들은 다 어디로 가련가
생명 아닌 것이 어디 있으랴 다 한 덩어리다

47 내 눈에서 흐르는 눈물은 너의 눈물이다, 그려

내 마음에서 구르는 똥덩어리는 나의 마음이다, 그려
내 피부로 느끼는 행복은 너의 행복이다, 정말 그려
내 똥구멍에서 벌어지는 아픔은 나의 아픔이다, 그려

똥에도 질서가 있다

48 여태 여름이구나 여전하듯이 이런 세상이구나

다시 여름이구나 세월가듯이 사람도 가는구나
지난 여름이구나 청춘지났듯이 다 지났구나
벌써 여름이겠지 허물벗듯이 다른 세상일터다

49 잡초보다 나은 것도 없지만 못하지도 않다

암흑보다 나은 것도 없지만 못하지도 않다
빛보다 나은 것도 없지만 못하지도 않다
사람보다 나은 것도 없지만 못하지도 않다

50 똥과 오줌의 길은 다르다 그렇게 몸의 길은 갈리고

하늘과 땅의 길은 다르다 그렇게 마음의 길은 갈리고
꿈과 현실의 길은 다르다 그렇게 서로의 길은 갈리고
너와 나의 길은 다르다 그렇지만 닿는 곳은 같다

외로움으로 외롭지 않다

51 가장 냉정해야 할 순간에 ... 가장 비현실적으로 다가오고

가장 냉정해야 할 자신에 ... 막연한 기적과 외면으로 도망가고
가장 냉정해야 할 사실에 ... 왜 냉정해야 하는지 모르고
가장 냉정해야 할 연명에 ... 죽음처럼 잠만 자고 잠처럼 살아가고

52 지구는 넓다 그러나 세상은 좁다

모두들 다 제각각 제 조그만 거품 속에 산다
지구 은하 우주 그들만의 거품 속에 산다
거품 밖의 우주는 어딜까 무엇일까 누굴까

53 태어나지 않은 사람은 죽지 않는다

죽지않는 사람은 태어나지 않는다
죽지않는 우주는 태어나지 않는다
태어나지 않은 우주는 죽지 않는다

54 그려 가면 가고 오면 오고 그리 한 삶이여

그려 자면 자고 깨어나면 깨어나고 그리 한 숨이여
그려 늦으면 늦고 빠르면 빠르고 그리 한 쉼이여
그려 살면 살고 죽으면 죽고 그리 한 세상이여

55 아버지도 운다 그러므로 태양도 운다

신도 죽는다 그러므로 우주도 죽는다
새도 운다 그러므로 겨울도 운다
시도 죽는다 그러므로 하늘도 죽는다

56 내 삶만 빼면 모든 삶이 나의 삶이다

내 죽음만 빼면 모든 죽음이 나의 죽음이다
내 시간만 빼면 모든 시간이 바로 간다
섞이지 않는 내 영혼의 시간은 따로 논다

57 님이여 이미 갔으면 고통없이 갔기를 바라오

님이여 아직 안갔으면 고통없이 가기를 바라오
님이여 지금 아프시면 고통이 덜어지길 기도하오
님이여 라고 부를 기도할 자격이 연결되길 바라오

58 파리도 산을 넘는다 날개는 물론 다리도 있다

개미도 바다를 건넌다 다리는 물론 더듬이도 있다
물고기도 산을 오른다 허리는 물론 꼬리도 있다
사람도 바다를 메운다 머리는 물론 손도 있다

59 꿈이 꿈이 아닐 수 있다는 거

허상이 허상이 아닐 수 있다는 거
죽음이 죽음이 아닐 수 있다는 거
그게 더 공포스럽다 (직장암 수술 4일 전)

60 가자 가자 가자 가자꾸나 그냥 가면 그만이지 않는가

사는 것도 귀찮고 죽는 것도 귀찮고 다 귀찮다
자자 자자 자자 전신마취에 못깨어난들 그만이지 않는가
그려 그려 그려 그렇구나 그냥 비웠구나 다 비웠구나 (2일 전)

61 서현수, 한 평생을 손님으로 살아왔는데

죽음마저 손님으로 가는 것일까. 현수, 부르던 사람은
다 제주인였을까. 현수, 낳아주신 부모도 제주인였을까.
서현수, 죽고나선 주인이겠지. 백수의 넋 (1일 전)

62 아픔만 있고 나는 없다 1

맨하튼 센추럴 파크옆 마운트 사이나이는 세계적으로 유명한 병원이다
수술후 다음날 유명인사가 되었다 자지구멍이 찢어져 피를 토하였다
구멍으로 들어간 소변줄을 당겼는데 방울 2개가 튀어나왔다 피와 함께

63 의사와 환자만 있고 나는 없다 2

가느다란 자지구멍으로 붕알 2쪽이 빠져나온줄 엄청 놀라웠다
오줌누려 간호사를 호출하니 통을 준다 변태 취급하며 환자가 하란다
원칙으론 의사나 간호사가 공기를 먼저 뽑고 소변줄도 그들이 제거한다

64 10년을 살다가도 70년을 살다가도 아쉬운 건 매 한가지

하루를 살다가도 100년을 살다가도 태어난 건 매 한가지
음악으로 태어난들 그림으로 태어난들 죽는 건 매 한가지
아픔으로 죽는들 기쁨으로 죽는들 잊혀지는 건 매 한가지

65 똥주머니 앞에 차고 근심이 깊어지나 위안도 높아진다

루게릭 병도 복합부위 통증증위군도 아니라서 다행이긴 다행이다
똥구멍이 2개든 방귀가 배 앞으로 삐리릭 뀌며 놀래키든 뭔 대수냐
불편이나 체면은 아무 것도 아니다 심하게 아픈 사람이 측은하다 더

66 아픈 사람은 아프다 아프지 않은 사람은 모른다

외로운 사람은 외롭다 외롭지 않은 사람은 모른다
아픈 사람은 더 외롭고 외로운 사람은 더 아프다
태어나지 않은 사람은 모른다 언젠가 태어난다는 것을

67 아픈 사람은 아프지 말아야 한다 어떻게 .....

외로운 사람은 외롭지 말아야 한다 어떻게 .....
슬픈 사람은 슬프지 말아야 한다 어떻게 .....
죽은 사람은 죽지 말아야 한다 왜?

68 자는게 제일 편하다 눈만 감으면 되니까

웃는게 제일 쉽다 즐기기만 하면 되니까
우는게 다음으로 쉽다 따르기만 하면 되니까
죽는게 제일 불편하다 눈만 감지 않으니까

69 수의를 입히려면 굳어진 관절을 펴야 한다

아픔은 없거니와 먼저 수의입은 주검은 없다
사랑을 입으려면 구겨진 관념부터 펴야 한다
아픔은 따르더라도 먼저 포기하는 사람은 없다

70 하늘, 구름이 한점 없기를 바라는건 아니다 덜 하기를

구름이 지구 전체를 가리진 않는다 그런 경우는
하늘없는 별은 없다 어디든지. 검은 하늘이라도
내 마음의 하늘은 청명하다 오늘 죽더라도

71 아무 것도 하지않는 그것 마저 하지않는 하기없기

아무 생각도 하지않는 생각 그 생각마저 없는 생각없기
아무 삶도 하지않는 삶 그 삶마저 없는 살기없기
아무 죽음도 하지않는 죽음 그 죽음마저 죽기없기

똥에도 질서가 있다

72 우연히 눈을 떴다 그때 본 것이 다일까

우연히 눈을 감았다 그때 못본 것이 다일까
그때 눈을 떴다 우연히 못본 것이 다일까
그때 눈을 감았다 우연히 눈을 감은게 다일까

73 맹세도 의미없는데 의미가 뭔 의미가 있으랴

서약도 의미없는데 글이 뭔 소용이 있으랴
다짐도 의미없는데 말이 뭔 말이라도 되랴
지금도 의미없는데 죽음인들 뭔 삶인들 하랴

74 똥은 아래로 흐른다 근데 똥이 위로 뿜는다

엎드리지 못해서 누우니 똥도 아래로 흐르지 못한다
하늘은 아래로 뿌린다 근데 하늘이 밑으로 숨는다
하늘은 위에서 존재하니 하늘 위에선 보이지 않는다

75 니만 외롭냐 나도 외롭다 다 외롭다

니만 사냐 나도 산다 다 산다
니만 아프냐 나도 아프다 다 아프다
니만 죽냐 나도 죽는다 다 죽는다

76 존재하는 건 보이지 않는다 보는게 존재가 아니다

보이는 것은 존재하지 않는다 내일이면 다 사라진다
존재하는 건 그대로다 그대로도 보이는게 아니다
존재하지 않는 건 그대로가 아니다 바람에 지나갈 뿐이다

77 세월만 흘렀냐 나도 흘렀다 다 흘렀다

누가 흘렀단 말인가 아무도 흐르지 않았다
다 그대로다 물도 그대로다 산도 그대로다
변한 건 나의 늙음뿐이다 나의 마음뿐이다

78 뭘 해야 하는게 있으면 뭘 하지 말아야 하는가를 우선

뭘 하지 말아야 하는게 있으면 뭘 해야 하는가를 우선
자살을 해야 한다면 왜 죽지 말아야 하는가를 우선
살기 위해서 죽기 보다는 죽기 위해서 살아야 한다

79 보이느냐 내 눈의 어둠이 들리느냐 내 입의 침묵이

보이느냐 내 님의 슬픔이 들리느냐 내 님의 아픔이
보이느냐 우리들의 인연이 들리느냐 우리들의 운명이
보이느냐 죽음의 밝음이 들리느냐 죽음의 속삭임이

80 의식이 없다는 거 그게 불행한 거만 아니다

의식이 있다는 거 그게 행복한 거만 아니다
의식을 의식하고 사는게 삶에서 얼마나 되랴
의식을 못하는 걸 두려워 하는 거 잠시다

81 생명은 생명에 의하여 생한다

암도 생명이요 우주도 생명이요 마음도 생명이요
똥도 생명이요 돈도 생명이요 시도 생명이요
생명 아닌 것도 생명이요 다 다 생명이요

82 이 목숨이 다해오니 이제는 그대를 내려놓아야 하는구나

내려놓아야 하는 게 한 둘이 아니지만 이제는 사랑을 내려놓아야
그토록 아름답기도 하였고 슬프기도 하였던 간절한 마음을 내려놓구나
그런 마음을 내려놓다니 그대는 이 목숨보다도 더 소중하였구나

83 아무도 없었다 넓고 황량한 대지에 아무도 없었다

아무 것도 없었다 넓고 황량한 별에 아무 것도 없었다
있는 게 없었다 .... 숨은 있어야했다
없음마저 없었다 사람은 있어야했다

84 살아있으니까 외롭다 외로우니까 살아있다

사랑하니까 외롭다 외로우니까 사랑한다
청춘이니까 외롭다 외로우니까 청춘이다
죽으니까 외롭다 외로우니까 죽는다

85 이른 나이에 죽었다면 세상과도 아무런 사이가 아니였을까

부모와 자식과도 유별난 사이가 아닌걸까 지은 죄도 없을거고
삶과 죽음과도 별다른 사이가 없는걸까 순간의 시간은 무의미고
태어나지 않은 것처럼 우주와도 사이가 없는걸까 과연 없으려나

86 나의 사랑이 너의 사랑이고 너의 사랑이 우리의 사랑이어라

나의 미움이 너의 미움이고 너의 미움이 우리의 미움이어라
나의 용서가 너의 용서이고 너의 용서가 우리의 용서이어라
나의 존재가 너의 존재이고 너의 존재가 우리의 존재이어라

87 저마다 제 아픔이어라 저마다 제 슬픔이어라

하나의 물방울도 흐름이어라 하나의 별도 흐름이어라
저마다 제 삶이어라 저마다 제 죽음이어라
물방울도 강물로 흐르고 별도 은하수로 흐르고 다 흐른다

88 겁난다 겁나 못깨어날까, 똥주머니 제거 수술도 전신마취다

직장 씨티 촬영에도 곤혹을 치뤘다. 여러번 강간을 당하는 경우였을까
10층 입원실 창으로 야경은 죽여준다. 헤랄드 엠파이어 클라이슬러 등
잘라진 창자의 뒤늦은 아픔과 부작용에 전혀 내일을 예측하지 못하겠다

89 한 산으로 있었든 한 점으로 있었든 다 부질없어라

한 점으로 있었든 한 점으로도 없었든 다 부질없어라
한 자리에 존재했던 존재하지 않았든 다 부질없어라
존재의 시간도 부존재의 시간도 다 지남이어라

90 고기는 살아있지만 바다는 죽었다

나무는 살아있지만 산은 죽었다
몸은 살아있지만 사람은 죽었다
고기와 나무는 많아야하고 사람은 활동하여야한다

91 앞으로 여생은 짧아졌어도 인생은 길어졌다

병원 오가든 고통의 1년의 잃어버린 세월에 얻은 10년의 삶의 깊이
끝내 정말 꼭 좋은 말 하나 남기지 못하고 여기에 눕다
끝내 밝히지 못하고 떠난다 죽음의 높이와 세상의 넓이

92 몸은 걸레고 마음은 벌레다 귀찮다 귀찮다 다 귀찮다

이대로 죽었으면 좋겠다는 지금 바람이다 버티는게 힘든다
왜 떠나야 하는지 말조차 하고싶지 않다 다 포기하고 버티자
하고싶은게 하나도 없다 버려둬 버려둬 다 버려둬

93 죽은 사람은 젊음도 없고 늙음도 없다

죽은 나무는 꽃도 없고 열매도 없다
죽은 사람은 말도 없고 꿈도 없다
죽은 나무는 숨도 없고 내일도 없다

94 세 걸음에 따르는 똥이여 세 걸음에 따르는 고독이어라

세 걸음에 따르는 아픔이여 세 걸음에 따르는 눈물이어라
걷지 않을 수 없는 짐승이여 너 꼬락서니가 가련하구나
세 걸음에 따르는 숨이여 세 걸음에 따르는 삶이어라

95 허무하다 허무하다 허무해서 허무한 게 아니다

속았다 속았다 속아서 속은 게 아니다
삶이 이토록 죽음과 가까이 있었는가 너무 쉽다
죽음이 이토록 삶과 쉽게 있었는가 너무 가깝다

96 지금 얼마나 초라한가 아니면 지금 얼마나 진실한가

지금 얼마나 위태로운가 아니면 지금 얼마나 안정적인가
지금 얼마나 가까운가 아니면 지금 얼마나 남아있는가
지금 얼마나 외면하는가 아니면 지금 얼마나 바로보는가

97 지금 어떻게 금을 만드는가 지금 어떻게 똥을 싸는가

지금 어떻게 내일을 기다리는가 지금 어떻게 오늘을 보내는가
지금 어떻게 지금이련가 지금 왜 지금이련가
지금 왜 삶이련가 지금 왜 죽음이련가

98 나는 집이 집이 아니라고 생각한다

나도 집이 집이 아니라고 생각한다
나는 집이 집이라고 생각한다
나도 집이 집이라고 생각한다

99 기억하지 못하는 것은 슬픔이고 기억하지 않는 것은 배신이다

배신하지 못하는 것은 추종이고 배신하지 않는 것은 기쁨이다
사랑하지 못하는 것은 아픔이고 사랑하지 않는 것은 미움이다
용서하지 못하는 것은 운명이고 용서하지 않는 것은 복수다

100 밤하늘을 화려하게 수놓은 저 별들과도 눈물

머지 않아 이별, 이별, 이별이구나 방울
저 별들중엔 이미 사라진 별들도 있겠지 눈물
눈물속의 별, 사라진 사랑처럼 사라진 사람처럼 방울

101 살아서는 살지 못하고 죽어서는 죽지 못하고

외로움으로 외롭지 못하고 아픔으로 아프지 못하고
외롭지 않아서 외롭고 아프지 않아서 아프고
살지 않아서 살고 죽지 않아서 죽고. 하늘농사

102 사람은 태어나는게 죄가 아니고 사람으로 태어나는게
천사가 아니다

사자로 태어나는게 살생자가 아니고 사슴으로 태어나는게 천사가 아니다
사랑으로 태어나도 죄인이 되고 사랑없이 태어나도 천사가 된다
부처로 태어나는게 부처가 아니고 사랑으로 깨닫는게 부처가 된다

103 암으로 죽어서 다행인 것도 있다 자살은 아니니까

화마로 돌아가신 할머니, 우리집에서 자살하신 숙부, 어머니와 통화후
　　아버지의 자살
어머니가 시집와서 벌어진 일들, 3살에 자다가 경기로 죽은 형은 자살이
　　아닐테고
이제 유아독존 어머니는 돌아가셨다, 순한 치매로 곱디 고운 선녀로
　　분하시고

104 잘려나간 팔다리는 돌아오지 않고 잘려나간 창자는
돌아오지 않는다

잘려나간 재산은 돌아오지 않고 잘려나간 영혼은 돌아오지 않는다
잘려나간 만큼 아프고 잘려나간 만큼 이상하다
더 아프기도 하고 더 이상하기도 하고 다 버리기도 한다

105 육체적 건강이 중요하지 아무렴 그렇고 말고

정신적 건강도 중요하지 아무렴 그렇고 말고
도덕적 건강도 중요하지 아무렴 그렇고 말고
사망후 건강도 중요하지 선비면 그렇고 말고

106 원칙이든 중심이 흔들리지 말아라 아이들 세상을 위하여

상식이든 중심이 흔들리지 말아라 여자들 세상을 위하여
법적이든 중심이 흔들리지 말아라 우리들 세상을 위하여
양심이든 중심이 흔들리지 말아라 영적인 세상을 위하여

107 이번 암으로 벌써 죽었다면 이 거리를 다시 지나가지
않을텐데

이 강을 다시 건너가지 않을텐데 이 산을 다시 넘어가지 않을텐데
이 사람을 다시 만나지 않을텐데 이 말을 다시 나누지 않을텐데
이 아픔을 다시 슬퍼하지 않을텐데 이 외로움을 다시 후회하지 않을텐데

108 우울하지 않은 사람은 없다 있다면 다른 문제가 있다

미치지 않은 사람은 없다 미쳐서 정상에 오르기도 한다
아프지 않은 사람은 없다 사람마다 차이가 있을 뿐이다
죽지 않는 사람은 없다 아프다고 탄생을 거부하진 않는다

109 악인은 어떤 사람인지 궁금한가 자신을 보아라

선인은 어떤 사람인지 궁금한가 자신을 보아라
평범한 사람을 보고 싶은가 자신을 보아라
평범하지 않은 사람을 보고 싶은가 자신을 보아라

110 마음이 빛나는 사람들이란 책을 내었다 물론 실패작이었다

마음을 빛나게 하는 책이었더라도 마찬가지였으리라 작가가 실패작이니
중요한 건 제목이 아니라 판매실적이다 표지엔 눈 먼 코끼리가 그려졌다
과대광고에 속지 않는 독자들은 장님이 아니였다 작가가 장님이였다

111 난 벌써 죽었다 이미 오래전 일이다

20번 이상 죽었다 한들 이상할 게 하나도 없다
아프리카 아메리카 지금 겹치기 삶도 그 누가 알랴
앞으로도 나의 탄생이 이어진들 그 누가 마다하랴

112 죽어가면서 정신차린다 새로운 사람이 되려는가

죽어가면서 고쳐나간다 사람다운 사람이 되려는가
죽어가면서 기록한다 살아있는 사람이 되려는가
죽어가면서 기다린다 죽은 사람이 되려는가

113 보는 것도 하루 아침에 보지 못한다

듣는 것도 하루 아침에 듣지 못한다 걷기처럼
아는 것도 하루 아침에 알지 못한다 말하기처럼
죽는 것도 하루 아침에 죽지 못한다

114 꽃은 안다 자기가 무엇이라는 걸

나비는 안다 자기가 무엇이라는 걸
사람은 모른다 자기가 안다는 걸
사람은 안다 자기가 모른다는 걸

115 이렇게 살든 저렇게 살든 그렇게 살든 다 그려

이렇게 멀어지든 저렇게 멀어지든 그렇게 멀어지든 다 그려
이렇게 바래지든 저렇게 바래지든 그렇게 바래지든 다 그려
이렇게 없어지든 저렇게 없어지든 그렇게 없어지든 다 그려

116 물이 있다 물이 있을 곳에

꽃이 있다 꽃이 있을 곳에
하늘이 있다 하늘이 있을 곳에
사람이 있다 사람이 없을 곳에

117 시간이 빨리 가도 그만 늦게 가도 그만

할 일이 있어도 그만 없어도 그만
시간이 없어도 그만 있어도 그만 나도 없어라
그만 멈춰도 그만 그쳐도 그만 나도 없어라

118 별과 별 사이에도 별 사이는 없다

사람과 사람 사이에도 별 사이는 없다
별처럼 오고 사람처럼 가는 사이일 뿐이다
빛처럼 오고 사랑처럼 가는 사이일 뿐이다

119 살아가는게 살아가는게 맞냐 시간가는게 시간가는게 맞냐

날씨가 수시로 바뀌는게 맞냐 마음이 수시로 바뀌는게 맞냐
계절이 오는게 맞냐 계절이 가는게 맞냐 오는게 뭐냐 가는게 뭐냐
나는 오는게 맞냐 나는 가는게 맞냐 나의 존재는 진실 맞냐

똥에도 질서가 있다

120 다 필요없어라 애틋한 사랑도 소중한 인연도

다 필요없어라 달콤한 즐거움도 아름다운 기쁨도
다 필요없어라 천국의 음식도 후련한 깨달음도
다 필요없어라 내일의 꿈도 영원한 안식도

121 그려 살다보면 아플 수도 있다 망할 수도 있다

그려 살다보면 죽을 수도 있다 똥 쌀 수도 있다
그려 살다보면 다시 살 수도 있다 미칠 수도 있다
그려 살다보면 없어질 수도 있다 되돌아갈 수도 있다

122 비가 와도 그만 비가 가도 그만 다 그만이여

해가 와도 그만 해가 가도 그만 다 그만이여
사람이 와도 그만 사람이 가도 그만 다 그만이여
깨달음이 와도 그만 깨달음이 가도 그만 다 그만이여

123 사람은 사랑으로 태어나고 동물은 비움으로 태어난다

사람은 비움으로 채워지고 동물은 무서움으로 채워진다
좀 이따 내가 시체되면 누군가 무서워하겠지 나를 죽음이라서
살아서는 아무도 나를 무서워하지 않았는데 말이다 살아선가

124 실패한 삶은 없다 삶 자체로 성공이다

실패한 개팔자 어디 있느냐 다 성공이다
실패한 사람팔자 어디 있느냐 다 성공이다
실패한 식물팔자는 또 있느냐 다 성공이다

125 바퀴는 돌아가야만 쓰러지지 않는다

나무를 보면 숲이 보이지 않고 숲을 보면 나무가 보이지 않는다
삶을 보면 나날이 보이지 않고 나날을 보면 삶이 보이지 않는다
삶은 돌아가야만 넘어지지 않는다 보는 게 보이는 게 아니다

똥에도 질서가 있다

126 지금이 지금이라고 느낄 때는 지금이 아니다

지금이 지금이라고 느낄 시간이 없을 때 지금이다
지금이 지금이라고 느낄 여유가 없을 때 지금이다
지금은 지나가는 미래의 머묾을 지키려는 자아다

127 지금 불행하다는 죽음을 앞둔 자기성찰이 행복이어라

지난 나날 행복하지 않았다고 생각하였는데 행복하였던건 아니였을까
조금만 더 더 양보하였더라면 지난 나날 많은 행복을 누렸을텐데
걷지 못하더라도 기지 못하더라도 자신을 인식하면 행복이어라

128 지금이 지금이 될 수 없소

지금이 내일이 될 수 없고 내일이 지금 될 수 없소
내가 당신이 될 수 없고 당신이 내가 될 수 없고 내가 내가 될 수 없소
내가 당신이 될 수 없고 당신이 내가 될 수 없고 당신이 당신이 될 수 없소

129 내일이 내일이 될 수 없소

지금이 내일이 될 수 없고 내일이 지금 될 수 없소
아무나 아무나가 될 수 없소 자신을 인식하는 자 만이 아무나요
자신이 자신이 될 수 없소 아무나를 인식하는 자 만이 자신이요

130 점 점 점 점 점 모두 다 점이다 점 점 점 점 점

선 선 선 선 선 모두 다 선이다 선 선 선 선 선
색 색 색 색 색 모두 다 색이다 색 색 색 색 색
공 공 공 공 공 모두 다 공이다 공 공 공 공 공

131 빅뱅 전의 침묵이나 빅뱅 후의 침묵이나 다 똑같다

백년 전에 죽은 사람이나 백년 후에 날 사람이나 다 똑같다
천년 전에 죽은 사람이나 천년 후에 날 사람이나 다 똑같다
만년 전에 죽은 사람이나 만년 후에 날 사람이나 다 똑같다

132 우는 게 창피한 건 아니다

사랑하는 게 창피한 건 아니다
살아있는 게 창피한 건 아니다
창피한 걸 모르는 게 창피하다

133 머지않아 이 길도 희미해져 가겠지

머지않아 이 그림자도 희미해져 가겠지
머지않아 이 인식도 희미해져 가겠지
머지않아 이 죽음도 희미해져 가겠지

134 하늘이 하늘이 부끄러워 스스로 보지 못하겠구나

땅이 땅이 부끄러워 스스로 숨지 못하겠구나
사람이 사람이 부끄러워 스스로 나서지 못하겠구나
삶이 삶이 부끄러워 스스로 맞서지 못하겠구나

135 어둠은 스스로 벗어나지 못한다

밝음은 스스로 이어가지 못한다 하늘 그늘
어둠은 스스로 이어진다 아득 아득
밝음은 스스로 바래진다 하늘 하늘

136 하늘을 향하여 얼마나 돌을 던졌는가 다 땅으로 돌아왔다

꿈을 향하여 얼마나 달려왔는가 다 땅으로 돌아왔다
인생을 위하여 얼마나 참아왔는가 다 거품으로 깨어졌다
죽음을 향하여 얼마나 다가왔는가 다 인연으로 이어지길

137 사람없는 사람없고 사랑없는 사랑없다

문제없는 문제없고 해답없는 해답없다
나날없는 나날없고 죽음없는 죽음없다
자신없는 세상없고 세상없는 세상없다

138 날개대신 팔을 잃은게 아니고 날개를 얻은 것이다

영혼대신 영원을 잃은게 아니고 영혼을 얻은 것이다
사랑대신 사람을 잃은게 아니고 사랑을 얻은 것이다
죽음대신 삶을 잃은게 아니고 죽음을 얻은 것이다

139 일출의 붉음은 크고 일몰의 붉음은 길다

업적과 명성은 크고 착함과 영혼은 길다
낮과 승리는 크고 밤과 패배는 길다
살아남는 건 아름다우나 더 추하기도 하다

140 매미도 죽고나서 마지막 허물을 벗는다

매미의 참모습을 보는 건 사람들과 다르다
사람들의 참모습도 죽고나서 드러난다 보이지는 않아도
훨훨 날아간다 마지막 구속을 벗어나서 훨훨 날아간다

141 똥을 또 싸질렀다 그나마 감사한다

똥구멍으로 똥이 나온다는 거
스스로 치울 수 있다는 거
너무 아프지는 않다는 거

142 다 다른듯 하면서 다 같다

다 같은듯 하면서 다 다르다
그들 인생이나 우리 인생이나 다 인생이다
그들 생각이나 우리 생각이나 다 생각이다

143 그들의 울음도 우리의 울음이고 그들의 운명도 우리의 운명이다

바다에서 돌아오지 않는 어부를 기다리는 아내의 사연도 우리의 사연이다
첩첩산중에서 도시로 떠나버린 약혼남을 기다리는 여인도 우리의 여인이다
부모를 모르는 고아도 희귀병을 앓는 환자도 우리의 아이다

똥에도 질서가 있다

144 죽음도 이제 와서 느끼는데 별거 아니라는 거

이웃 동네 마실가는 거랑 다를 바 없다는 거
젊을 땐 목포가 어떤지 두려웠는데 이젠 그립다는 거
가보지 못한 목포나 죽음에서의 외박도 비슷하리란 거

145 자유도 이제 와서 느끼는데 별거 아니라는 거

이웃 동네 마실가는 거랑 다를 바 없다는 거
젊을 땐 목포가 어떤지 두려웠는데 이젠 그립다는 거
가보지 못한 목포나 죽음에서의 외출도 비슷하리란 거

146 태어나지 않고는 사랑받지 못한다

태어나지 않으면 아픔을 모른다
태어나지 않으면 기쁨을 모른다
태어나지 않고는 사랑할 수 없다

147 이제 하나 둘 인연의 끈을 끊어야한다

이제 하나 둘 인생의 줄을 놓아야한다
이제 하나 둘 아는 거와 모르는 거 벗어나야한다
이제 하나 둘 이승과 저승에서 헤어나야한다

148 그리움으로 살아 남기를 바란다 원본은 남는다

삶으로 죽어 남기를 바란다 원소는 남는다
죽음으로 살아 남기를 바란다 원리는 남는다
외로움으로 살아 남기를 바란다 원인은 남는다

149 눈 먼 이도 꿈을 꾸고 귀 먼 이도 노래한다

손 먼 이도 글을 쓰고 발 먼 이도 구두를 신는다
몸 먼 이도 섹스를 하고 마음 먼 이도 눈물을 흘린다
산 이는 말을 못하고 죽은 이는 말을 한다

150 여기는 나의 세상이 아니어라 저기도 나의 세상이 아니어라

나의 세상은 너의 세상이어라 너의 세상이어라
나의 세상은 없어도 좋아라 없어도 좋아라
나의 세상은 나의 세상이라 없는 세상이어라

151 이가 흔들린다 나무도 아프다 미역도 아프다

머리가 흔들린다 콩도 아프다 구름도 아프다
영혼이 흔들린다 물도 아프다 비도 아프다
삶이 흔들린다 죽음도 아프다 미래도 아프다

152 놓쳐도 좋다 이른 만큼 이르지 않고 늦은 만큼 늦지 않다

잃어도 좋다 잃은 만큼 잃지 않고 얻은 만큼 얻지 않는다
다쳐도 좋다 다친 만큼 다치지 않고 건강한 만큼 건강치 않다
죽어도 좋다 죽은 만큼 죽지 않고 살아있는 만큼 살아있지 않다

외로움으로 외롭지 않다

3

사막과 소년

- 그림자들만의 만남 -

0

한 소년이 있었단다.
한 나무를 사랑하였단다.
늘 가까이서 가꾸었단다.
비가 오나 눈이 와도 지켰단다.
꽃이 피지않아 사랑하지 않았으랴.
열매 맺지않아 사랑하지 않았으랴.
그 나무는 그의 보람이자
　　　존재였단다.
그의 생명이자 영혼이였단다.
나무랑 얘기를 하였단다.
별자리 얘기를 들려줬단다.
수많은 별들의 사연을 들려줬단다.
슬픈 얘기를 하면 같이
　　　슬퍼하였단다.
기쁜 얘기를 하면 같이
　　　기뻐하였단다.
소년과 나무는 한 몸 한
　　　마음이였단다.
그러던 어느 날이였단다.
유난히 햇살이 눈부신 날이였단다.
나무가 없더란다.

나무가 꿈이였을까.
사랑이 꿈이였을까.
소년의 눈망울에 눈물이 맺혔단다.

외로움으로 외롭지 않다

1

사막이였다.
아무도 찾지않는 사막이였다.
간혹 바람만 지나갈 뿐이였다.
한 소년이 있었다.
초라한 오아시스였다.
그는 아무 말도 하지않았다.
말할 상대가 없어선지,
말을 못하는지 알수 없었다.
오늘도 혼자다.
어제도 혼자였다.
언제부터 있었는지도 몰랐다.
어떻게 왔는지조차 기억이 없었다.
오늘도 걷는다.
어제도 걸었다.
어떻게 돌아왔는지 몰라도..
늘 아침에 오아시스에서 눈을 떴다.
초라한...

2

붉은 사막이였다.
붉은 대지만 펼쳐진 사막이였다.
간혹 바람만 지나갈 뿐이였다.
한 소년이 있었다.
초라한 서식지였다.
그는 달을 쳐다보았다.
달이 있었다.
밤이였다.
눈을 감았다 떠면,
달은 없을 것이다.
밤은 없을 것이다.
붉은 사막이 있을 것이다.

3

사막에 비가 내린다.
소년은 즐거웠다.
달렸다.
또 달렸다.
얼마나 붉은 사막을 적셨을까.
달리기를 멈췄다.
숨고르기를 하였다.
걸어서 돌아왔다.
추웠다.
추웠다.
추웠다.

4

소년은 눈을 떴다.
끝없이 붉은 대지가 이어져있었다.
저 먼 하늘마저 붉게 보였다.
어디까지 대지며, 어디부터
       하늘일까.
붉은...
땅..
땅..
땅..
붉은...

5

달.
......
소년.
......
달빛.
......
눈빛.
......
소년과 달.
......
달과 소년.
......
소년의 가슴속이 꿈틀거렸다.
소년은 몰랐다.
그게 그리움인지 몰랐다.
......
......

6

소년은 달을 보면서...
마음이 꿈틀거렸다.
평상시와 달리 고요치 않았다.
그 조그만 미동에.. 진동에..
열이 떴다... 달처럼 달처럼
그게 그리움인진 몰랐다.
뭔가 부족한 느낌이였다.
달은 늘 다른 얼굴이였다.
소년은 자신을 해와 같다고
　　　생각하였다.
그 파동에... 생각이 바뀌었다.
달과 같다고..
달과 같다고..

7

사막은 말이 없었다.
소년은 말이 없었다.
붉은 사막은 말이 없었다.
무표정 소년은 말이 없었다.
사막은 뭘 기다리고 있을까.
소년은 뭘 기다리는지 몰랐다.
붉은 사막은 물을 기다리는게
　　아니였다.
소년은 기다리는게 없었다....

8

늘 해는 빛났다.
늘 사막을 비추었다.
늘 소년을 드러나게 하였다.
소년은 숨지를 않았다.
어둠이 깔리면 저절로 숨어졌다.
소년은 몰랐다.
무엇이 자신을 지켜주는지..
... 지켜보는지 ...
스스로 자신을 지키고 있는지..

외로움으로 외롭지 않다

9

소년은 하염없이 걸었다.
... 멈춰섰다.
붉은 분지가 앞에 펼쳐졌다.
풀 한포기없는..
붉은 대지가 쩍쩍 갈라져있었다.
얼마나 목이 말랐을까.
말라버린 호수였다.
얼마나 이렇게 지냈을까.
걸음을 옮기려다 ... 주저하였다.
붉은 대지가 가라앉지 않을까.
끝없이 가라앉지 않을까.
그건 두렵지 않았다.
아니면 ... 아니면..
갈라진 대지가 유리처럼 부서져
산산이 부서져 떨어져내릴까.
빈 허공을 걸어갈수 있다면
저 호수 끝까지 건너갈수 있을까.
소년은 두려웠다. 하늘을 걸어가는..
그 가정이 두려웠다.

10

소년은 걸어갔다.
쩍쩍 갈라진 붉은 대지위를.
신기하였다.
산산 조각 부서지는게 아니고,
끝없이 가라앉는게 아니고,
허공을 걸어가는게 아니고,
갈라진 대지가 그대로 있는게,
신기하지 않은게 신기하였다.
소년은 한참이나 분지를
        걸어다녔다.
생각할게 없는 생각으로.
햇빛은 내리, 쨍쨍 내려붓고 있었다.

11

달이 높이 떴다.
소리도 높이 울린다.
바람이 지나가니..
벌레들이 더더욱 울어댄다.
소년은 가만히 들었다.
~~~~~
그러다 잠이 들었다.

12

소년은 몸을 떨었다.
몸을 옴츠리다 눈을 떴다.
새벽이였다.
어느 날과 다름없는 아침이였다.
어느 날과 다름없는 밤이 오겠지만,
소년은 묻지를 않는다.
어느 때와 다름없는 시작이였다.
고요한 시작이였다.

13

소년은 멈춰섰다.
그의 그림자가 길게 드리워졌다.
붉은 대지위에.
그림자가 걸어갔다.
그림자가 움직였다.
팔이 펼쳐졌다.
팔이 동그라미를 만들었다.
얼마나 정적이 흘렸을까.

14

소년은 바위위에 앉았다.
조용하였다.
저 멀리 구름이 다가왔다.
그리고 구름이 지나갔다.
다른 구름이 다가왔다.
커다란 새의 모습이였다.
어디로 흘려갈까.
그의 보금자리로 가는걸까.
아니면 흩어져 사라질까.
......
소년은 바위위에 앉아있었다.

15

소년은 달렸다.
또 달렸다.
똑같은 풍경이다.
파란 하늘.
붉은 대지.
회색 바위.
띄엄 띄엄 서있는 먼지먹은
푸른 나무들.
소년은 달렸다.
또 달렸다.

16

미소가 펄럭였다.
소년의 입가에도 미소가 번졌다.
하얀 나비 한 마리였다.
부드러운 날개를 펄럭이며
　　　다가왔다.
반가운 인사였다.
그 얼마나 반가운 일이런가.
소년의 심장이 두근거렸다.
소년의 마음은 사랑이였다.

외로움으로 외롭지 않다

17

소년은 기분이 좋았다.
너무나 좋았다.
나비랑 술래잡기를 하였다.
이 나무 저 나무 사이를 누비며,
이 바위 저 바위를 건너서,
소년은 나비와 어울려 춤을 췄다.
아름다운 율동이였다.
멀리서.. 봐도.. 더 멀리서도..
더... 더... 더...

18

소년과 나비는 춤을 췄다.
붉은 대지와 푸른 하늘은
　　　　노래하였다.
숨박꼭질을 하였다.
얼마나 재미난 시간을 보냈을까.
나비가 나타나지 않았다.
어디에 숨었을까..
잠이 들었나...
다치진 않았을까...
소년은 애가 타서 헤매었다.
소리치며~
얼마나 고통의 시간이 흘렸을까..
아........

19

별이 빛났다.
유난히 빛났다.
소년은 혼자였다.
해가 떴다.
소년은 일어나지 않았다.
달이 떴다.
소년은 움직이지 않았다.
없었던 자리의 없는 자리와
있었던 자리의 빈 자리와의 차이를
소년은 느끼기 시작하였다.
그게 무엇인줄 몰랐다.
그리움이라는거.

20

해가 떴다.
붉은 대지는 말이 없었다.
소년은 일어나지 않았다.
그리고.. 그리고.. 그리고..
그때였다. 아.. 그때였다.
하얀 나비 한 마리가 띄였다.
날개를 펄럭이며.. 펄럭이며..
환영은 아니였다.
그 나비였다.
소년의 눈에서 눈물이 흘렸다.

외로움으로 외롭지 않다

21

소년은 기쁨의 눈물을 흘렸다.
행복하였다.
돌아온 나비..
고왔다. 고마웠다. 고귀하였다.
소년은 너무나 행복하였다.
그리고 깨달았다.
그게 삶이라고.
그렇게 소년과 나비는 살았다.
함께.
붉은 사막과 푸른 하늘과.

22

붉은 사막은 평화로웠다.
소년과 나비로 아름다웠다.
하늘은 여전히 푸르렀다.
그들은 행복한 나날을 보냈다.
그러던 어느 날이였다.
나비가 없어졌다.
늦게까지 돌아오지 않았다.
그날밤 폭풍우가 몰아쳤다.
번개가 번쩍였다.
대지는 시퍼런 얼굴을 드러내었다.
천둥이 쳤다.
나무들이 파리리 떨고있었다.
어둠에서 비가 뿜어졌다.
빗물이 소년의 얼굴로 흘러내렸다.
비는 계속 떨어지고 있었다.

23

소년은 걸었다.
종일 걸었다.
붉은 사막위를.
하늘은 푸르렸다.
간혹 조그만 그림이 흘려갔다.
소년은 믿었다.
나비가 돌아온다는 것을.
소년자신은 상상도 못하겠지만,
노인이 된다는 것을,
소년이 노인이 되더라도,
나비가 돌아온다는걸 믿었다.
죽는다는 것도 이해 못하겠지만,
죽기 전까진 돌아온다는걸
믿었다.
돌아온다는 것을.

24

소년은 걸었다.
밤에도 걸었다.
그리고 또 걸었다.
낯선 곳도 걸었다.
집을 떠난지 얼마나 되었을까.
소년은 계속 걸었다.
나비가 그리웠다.
그리웠다.....

외로움으로 외롭지 않다

25

꽃이였다.
조그만 자주빛 꽃이였다.
소년에게 눈웃음을 보냈다.
소년은 걸음을 멈추었다.
하늘보다 짙푸른 빛깔이였다.
소년은 생각하였다.
하늘의 그리움을 담았는가.
왜 하늘을 그리워할까.
하늘에서 무엇을 기다릴까.
꽃의 가느다란 숨소리가 들렸다.
그리움의 신음일까.
그리움의 신음일까.

26

소년은 보았다.
조그만 자주빛 꽃을.
얼마나 하늘을 보며 목이 메여서,
그리움을 삼키고 또 삼켜서,
삼킨 그리움마저 힘에 겨워,
신음으로 신음으로 뱉으며,
하늘빛으로 물들었을까.
소년은 그 아픔을 느꼈다.

27

소년은 보았다.
조그만 새빨간 꽃을.
얼마나 붉은 사막을 바라보며,
떠나간 그 님이 야속하여,
피를 토하고 또 토하여,
핏빛으로 물들었을까.
소년은 자신의 신음을...
꿀꺽 삼켰다.

28

소년은 보았다.
조그만 노오란 꽃을.
님을,
님을 위하여,
맞추고 맞추어서
심장마저 노랗게 물들었는데,
님은 여전히 먼 곳을 보라보니..
소년은 자신의 신음을 삼키는게..
들킬까봐 조심스러웠다.

외로움으로 외롭지 않다

29

소년은 꽃들과 함께 살았다.
한으로 맺혀 굳어진,
그들의 마음을,
보듬어주고 달래어주며,
멀리의 물을 길어와서,
갈증을 풀어주고,
연약한 몸을 씻겨주며,
그들의 생기를 복돋아주었다.
그게 소년의 기쁨이였다.
그런 나날이 얼마나 흘렸을까.
꽃들도 서서히 마음을 열었다.
새롭게 마음을 열었다.
새로운 세상이였다.....
하늘과 사막은 그대로였다.

30

소년은 나비가 되었다.
조그만 노란 나비로.
드넓은 사막을 날아다녔다.
꽃들과 반가운 대화를 나눴다.
얼마나 날아다녔을까.
아.....................
하얀 나비였다, 하이얀.
그들은 날개를 힘껏 펄럭이며,
조우의 춤을 췄다.
꽃들은 노래하였다.
나무와 바람도 노래하였다.
하늘도 기뻐하여 붉은 빛을
　　더하였다.

31

두 나비는 날아다녔다.
하늘을 가리는 울창한 숲속이였다.
곧게 높게 뻗은,
한 나무를 오르내리며,
그 나무 주위를 감싸 날으며,
속삭임의 춤은 이어졌다.
그 나무는 '우리들의 나무'였다.
한 밑둥에서 2사람 키높이에서
    2줄기로 갈라져
한없이 하늘로 치솟았다.
그렇다. 이미 우리는 사람으로
    살았고,
나비로도 살았다.
이제 거꾸로 가자꾸나.
가지처럼 각자의 삶을 살아왔었고,
이제 우리가 만났으니,
한 밑둥으로 살아가자꾸나.
꽁꽁 합쳐진 한 몸 한 마음으로,
그리고 죽으면 죽으면....

'우리 나무' 뿌리가 되어서
뿌리가 되어서 남아있자꾸나.
서로 엉켜서 안고있자꾸나.
이 별이 사라질 때까지....

32

나비는 눈을 떴다.
사람의 손과 발이 보였다.
나비가 깨어났다.
아니, 소년이 꿈에서 깨어났다.
꽃들이 걱정스러이 소년을
    내려다보았다.
소년은 두리번거렸다, 저 멀리까지.
그렇다. 끝내...
하얀 나비는 없었다.
아주 짧았지만 행복한 꿈이었다.
소년은 그때부터 꿈을 알았고,
꿈을 사랑하였다.
사막도 꿈꾸었다...

33

소년은 걸었다.
꽃들과의 대화를 마치면,
길을 떠났다.
얼마나 걸었을까, 바람처럼.
얼마나 흘렸을까, 구름처럼.
꽃의 비명이 느껴졌다.
달렸다.
빨리 달렸다.
꽃의 비명이 들렸다.
숨이 턱까지 차올랐다.
아무 생각이 나지않았다.
온세상이 하이얗게 희미해졌다.

34

볼이 차가웠다.
소년의 뺨에 물방울이 맺혔다.
꽃들이 걱정스러이 내려다보았다.
소년은 눈을 떴다.
그런데 그런데 움직이는 눈동자를
    보았다.
소년의 머리칼이 곤두섰다.
뱀이였다.
별빛 눈동자였다.
소년의 안위를 염려하는
    눈빛이였다.
소년은 일어나 앉았다.
빨간꽃이 전해주었다.
그녀의 비명은 오해에서
    비롯되었다고.
처음 본 뱀에 그만 비명을
    내질렀다고.
그 꽃이 쑥스러워하였다.
뱀은 빙그레 웃었다.
별빛 눈동자를 깜박이며.
다른 꽃들도 빙그레 웃었다.

35

소년은 기뻤다.
뱀은 길동무였다.
어디나 따라다녔다.
오히려 소년이 따라다녔다.
구름가듯 나무도 지나가고,
바람가듯 바위도 지나가고,
말라버린 호수를 건너도 즐거웠다.
뱀은 늘 미소를 띠었다.
푸른 뱀이였다.
뱀의 마음은 더 푸르렀다.
뱀이 있어서 기뻤다.
뱀은 소년을 만난걸 행운으로
    여겼다.
둘은 있는 그대로 행복하였다.
있는 그대로.

36

소년은 즐거웠다.
뱀도 즐거워하였다.
하루 하루가 즐거웠다.
그렇게 나날을 보냈다.
따스한 햇살을 즐기며,
밝은 달빛을 즐기며,
그 이상 아무것도 바라지 않았다.
그런데... 그런데...
세상이 뻥 뚫려.. 구멍이.. 공백이..
    생기듯..
뱀이 없어졌다.
꿈처럼 없어졌다.
이게 꿈이런가...
그런데 꽃들은 소년의 눈길을
    피했다.
꽃들이 우는가......

37

어두웠다.
종내 어두웠다.
폭풍우가 몰아닥치곤,
거짓말처럼 하늘이 맑아졌다.
저 멀리 무지개가 떴다.
소년을 불렀다.
소년을 불렀다.
꽃들이 소년을 불렀다.
사막이 속삭였다.
하늘이 미소를 띠었다.
무지개가 세상을 이어줬다.
무지개가 세상을 불러줬다.

38

별빛이였다.
별이 웃었다.
뱀이 웃었다.
소년은 기뻤다.
그들은 마주 본채 그대로 서있었다.
마음으로 얼싸안고 춤을 췄다.
꽃들도 어울려 춤을 췄다.
소년은.....
영원히 그대로 있고싶었다.
그렇게 얼마나 춤을 췄을까.

39

소년은 얼어붙었다.
꼼짝마!
뱀이 고함쳤다.
소년의 목덜미에 전갈이 붙었다.
머리를 지나 소년의 얼굴에 올랐다.
정적이 감돌았다.
사막이 조용하였다.
뱀이 뒤로 물러섰다.
전갈은 고개를 숙였다.
전갈은 소년에게서 내려왔다.
그리고 재빨리 도망쳤다.
강한 독성의 전갈이라고,
뱀이 일러주었다.
강한 독성의 뱀도 있다고.
소년은 식은 땀을 흘렸다.
햇살은 여전히 쨍쨍 내리쬐었다.

40

뱀은 아는게 많았다.
개미집을 방문하였다.
개미들은 일에 몰두하여,
그들을 거들떠 보지도 않았다.
소년은 개미들의 행군에 신기해
　　하였다.
시간 가는줄 모르고 지켜보았다.
뱀은 빙그레 웃으며 소년을
　　지켜보았다.
사막은 빙그레 웃으며 그들을
　　지켜보았다.
하늘은 빙그레 웃으며 그들을
　　지켜보았다.
개미는 하늘을 몰랐지만, 열심히
　　살고있었다.

41

뱀은 박사였다.
많은 곤충들을 보여주었다.
소똥구리, 장수하늘소, 반딧불이..
반딧불이는 신기하였다.
손에 담으려 뛰어다녔다.
사마귀 동작은 재미있었다.
소년은 따라하였다.
즐거운 나날이 지나갔다.
사막과 하늘은 어제와 오늘이
　　똑같았다.
내일도 똑같으리다.

42

사막... 고요하였다.
뱀이 작별을 고하였다.
소년이 물었다.
어디 가니? 언제 돌아오니?
아주 멀리... 돌아오지 않는단다...
왜?..... 왜?.....
이제 죽는다네...
죽는게 뭐니?
나이가 들면... 그래서 꽃처럼
　　시들지.
그래서 꽃처럼 다시 피어나니?
... 응. 다시 피더라도 널 알아보지
　　못해.
... 뭔 말인지 모르겠네.
몰라도 돼. 저절로 알게 돼.....
뱀의 눈에서 눈물 한줄기가 흘렸다.
영문도 모르는 소년의 볼에도
　　눈물이 흘렸다.
..... 사막은 고요하였다.
하늘의 조그만 구름이 살며시
　　멀어져갔다.

43

소년은 걸었다.
걷고 또 걸었다.
차가운 바람이 지나갔다.
연못가에 앉았다.
개구리들이 떠들었다.
오랜만이구나. 야위었구나.
죽는거 별거 아니란다. 누구나
　　죽는단다.
소년이 물었다. 나도 죽니?
별도 죽는단다. 달개구리는
　　벙어리래.
날씨가 좋구나. 목이 마르구나. .....
광활한 사막에 조그만 연못. .....
그렇게 멀어져갔다.
그렇게 잊혀져갔다.

44

사막의 정적에 눈물이 어렸다.
소년은 상심에 젖어있었다.
꽃들은 길게 목을 빼서 소년을
　　내려다보았다.
걱정스러운 모습이 꽃들의 얼굴에
　　드러났다.
나무들도 길게 목을 빼서
　　내려다보았다.
하늘도 길게 목을 빼서
　　내려다보았다.
사막은 차마 볼 수 없어 고개를
　　돌렸다.
그렇게 ..... 그렇게 .....

45

눈물이 흘려선지, 시야가 흐려선지,
하이얀 펄럭임이 번졌다.
하이얀 펄럭임이 여기 저기 날렸다.
아... 하이얀 나비였다.
하이얀 펄럭임.. 그 나비였다.
그 나비가 돌아왔다.
소년은 아주 아주 기뻤다.
펄럭임이 하나 더 있었다.
나비는 다른 나비를 소개시켜
　　주었다.
짝이란다. 사랑스러운...
사랑스러운? 사랑이 뭐니?
응, 사랑은 좋아하는 거란다.
자신보다 더 좋아하는 거란다.
하이얀 나비들은 하늘에서 어울려
　　춤을 췄다.
소년도 덩달아 춤을 췄다.
넓은 사막에 춤이 이어졌다.

사막과 소년

46

꽃들과 나비는 즐거이 어울렸다.
그들의 행복한 모습은 이어졌다.
사막과 하늘은 그들을 위해 있었다.
그들의 세상은 사랑스러웠다.
소년은 생각하였다.
하염없이 생각하였다.
젊은이여, 뭘 하시는가.
상념에 잠긴 소년을 깨웠다.
거북이였다.
젊은이여, 명상에 몰두하는가.
소년은 말이 없었다.
젊은이여, 나를 따라오게.
소년은 말없이 일어났다.
그들은 걸었다.
드넓은 사막에 그들은 2 점으로
　　　보였다.
2 점이 느리게 움직였다.

47

붉은 사막은 그대로였다.
파란 하늘은 그대로였다.
거북인 소년에게 많은걸 들려줬다.
하늘을, 사막을, 산을,,,,
들을, 강을, 바다를,,,,
소년은 신기해 하였다.
끝없는 바다... 짠 물로 이루어진..
소년은 다시 보았다.
붉은 사막과 바람이 실어오는거...
파란 하늘과 구름이 실어오는거...
소년은 가고싶었다.
파도치는 바다와 은밀한 산에...
길을 떠난다는건 생각지 못하였다.
사막에는 길이 없었다.
길이 없었다.....

48

보름달이였다.
사막의 하늘에 뜬 달이였다.
거북인 밤의 얘기를 들려주었다.
밤의 외로움...
밤의 슬픔...
밤의 아픔...
모든 밤의 얘기를..
밤이 새도록 들려주었다.
소년은 느꼈다.
외로움과 그리움을...
무엇을 그리워하는지 몰라도...
밤이 깊었다.
사막도 깊었고, 하늘도 깊었다.
이 별도 깊었다.
이 별도 멀어져갔다.
모든 것과의 이별처럼...

49

거북이와 소년은 가만히
        앉아있었다.
말없이 그들자신을 사막에
        맡겨두었다.
영원인듯 맡겨두었다....
눈이 내렸다.
사막에 눈이 내렸다.
거북이가 말했다.
백년을 살았건만 실제로,
눈을 보는건 처음이란다.
소년은 눈을 맞으며 뛰어다녔다.
신이 나서 뛰어다녔다.
거북이의 눈에서 눈이 녹아서
눈물로 내렸다, 눈물로.
하늘은 점점 깊어만갔다.
점점.....

50

거북이와 소년은 걸었다.
그들은 붉은 사막을 걸었다.
점점 멀어졌다.
조그만 2 점이 움직였다.
점점 멀어졌다.
사막은 고요하였다.
하늘은 말이 없었다.
하늘은 높아졌다.
점점 높아졌다.
점점 ..... 점점 ...
점점 낮아졌다.
하늘은 낮아졌다.
하늘은 말이 없었다.
사막은 고요하였다.
점점 가까워졌다.
조그만 2 점이 움직였다.
그들은 붉은 사막을 걸었다.
소년과 여우였다.

51

여우가 소년에게 말했다.
너는 사람이지.
사람이 뭐니?
다르다고 생각하는 동물이지.
뭐가 다르니?
우리랑 다른 동물이라 생각하지.
다른거 아니니?
다 같은 동물이지. 또한 사람은
자기들끼리도 다르다고 생각하지.
내가 너 아니니, 다 다르지 않니?
너와 나는 달라도, 다 같은 동물이지.
난 모르겠다.
넌 정말로 정말로 다른 사람들과
    다르구나.
다른게 좋은거니?
그렇지는 않지. 그런데...
그런데?
다르길 바래지, 사람들은.
난 모르겠다.
모르는걸 아는게 좋지.
붉은 사막은 몰랐다.

외로움으로 외롭지 않다

52

붉은 사막은 몰랐다.
이 넓디 넓은 파란별에서
소년은 혼자라는거.
여우가 소년에게 물었다.
너 어디에서 왔니?
몰라.
니 엄마는 어디에 있니?
엄마가 뭐니?
너를 낳아준 여자지.
몰라.
니 아빠는 어디에 있니?
아빠는 뭐니?
여자에게 아기를 심는 남자지.
몰라. 무슨 말인지 모르겠다.
새도 알에서 나고, 꽃나무도 씨에서
　　나오지.
몰라. 아는건 어느 날 눈을 떴다는
　　거뿐.
여기 사막에서?
응. 잘못된거니?
아니. 무슨 까닭이 있겠지.

몰라도 되는거니?
응. 모르고 사는게 많단다.
난 아는게 없어.
응. 아는게 없어도 돼, 사는덴.
그들은 뛰었다.
붉은 사막은 조용히 지켜보았다.

53

사막은 고요하였다.
여우는 웃었다.
소년은 말이 없었다.
여우는 울었다.
소년은 말이 없었다.
여우는 말이 없었다.
사막은 말이 없었다.
하늘은 말이 없었다.
하늘은 기다렸다.
사막은 기다렸다.
소년은 기다렸다.
여우는 말하였다.
우리는 살아있다.
너도 살아있고, 나도 살아있다.
너도 눈뜨고 있고, 나도 눈뜨고 있다.
사막도 눈뜨고 있고, 하늘도 눈뜨고
　　있다.
사막도 살아있고, 하늘도 살아있다.
그런데 그런데... 다 죽었다.
소년이 물었다.
뭐가 다 죽었니?

사랑이 다 죽었다.
그런데 그런데... 그걸 다 모르고
　　있다.
소년은 말이 없었다.
여우는 눈을 감았다.
소년도 눈을 감았다.
꽃들도 눈을 감았다.
나비들도 날개짓을 멈추고 눈을
　　감았다.
사막도 눈을 감았다.
하늘도 눈을 감았다.

외로움으로 외롭지 않다

54

여우는 걷다가 달렸다.
소년은 따랐다.
여우는 달리다 걸었다.
소년은 따랐다.
사막은 넓었다.
넓디 넓었다.
여우가 섰다.
소년도 섰다.
여우가 손을 뻗었다.
이것이 길이란다.
희미한 길을 가리켰다.
소년이 물었다.
길?
동물이 여러번 지나간 흔적이란다.
흔적?
이 흔적은 사람들로 생겼단다.
오래전에... 오래전에..
사람들?
그렇지. 너와 같은 사람들이 지나간
　　길이란다.
나와 같은...
나와 같은...

사막은 넓고도 넓었다.
사막은 깊고도 깊었다.
하늘의 깊은 한숨과 같았다.
하늘은 높고도 높았다.
하늘은...
그들은 점으로 멀어졌다.
멀어졌다.....
멀어졌다.

사막과 소년

55

푸른 하늘은 그대로였다.
붉은 사막은 그대로였다.
소년은 여우의 손을 잡았다.
여우의 눈이 붉어졌다.
여우의 눈에서 눈물이 글썽였다.
소년은 하늘을 쳐다보며 눈물을
　　말렸다.
그동안 고마웠네.
소년은 등을 돌렸다.
소년은 길을 따랐다.
여우는 고개를 떨구었다.
꽃들도 고개를 떨구었다.
나비들은 하늘높이 올랐다.
꿈속의 약속의 나무를 오르듯,
높이 높이 올랐다.
모든게 점으로 정지한듯 보였다.
점으로 희미해져갔다.
희미해져...

56

여우는 여전히 길 위에 서있었다.
해는 얼마나 지고 떴을까.
달은 얼마나 지고 떴을까.
여우는 여전히 길 위에 서있었다.
바람은 얼마나 여우를 흔들었을까.
여우는 얼마나 흔들렸을까.
여우는 정말로 여우로 있었다.
사막은 고개를 돌릴 수 없었다.

외로움으로 외롭지 않다

57

사막은 정말로 사막으로 있었다.
여우는 고개를 돌릴 수 없었다.
바람에 흔들렸다.
바람에 조그만 점이 흔들렸다.
그 점이 점점 커졌다.
그렇다. 소년이였다.
소년이 점점 다가왔다.
그게 기쁨인지 슬픔인지 따지지
    않았다.
반가웠다. 반가웠다.
그것 뿐이였다. 그것 뿐이였다는게
살아있는걸 느끼게 하였다.
그렇게 사막은 살아있었다.

58

사막은 정말로 사막으로 있었다.
여우는 고개를 돌릴 수 없었다.
바람에 흔들렸다.
바람에 조그만 점이 흔들렸다.
그 점이 점점 커졌다.
아니였다. 소년이 아니였다.
그가 점점 다가왔다.
그게 기쁨인지 슬픔인지 따지지
    않았다.
반가웠다. 반가웠다.
소년은 소년인데 소년이 아니었다.
소년은 노인이 되어서 돌아왔다.
붉은 사막은 그대로였다.

59

소년은 여우를 등지고 걸었었다.
여우의 연민이 이어지고 있음을
　　　느꼈다.
소년은 붉은 사막을 걸었다.
길위로 걷고 또 걸었다.
길위에서 자고 또 잤다.
얼마나 낮밤을 보냈을까.
소년은 눈을 떴다.
이상하였다. 둘러보았다.
낯선 느낌은 없었다.
여전히 붉은 사막이였다.
그런데.. 그런데. 길이 없었다.
소년은 한참이나 서있었다.
온세상의 소리가 사라졌다.
....
사막의 소리가 들렸다.
소년의 그림자가 길게 뻗어졌다.
저 멀리 해가 떠올랐다.

60

소년은 걸었다.
여우가 지켜보고 있다는걸 느꼈다.
소년은 계속 걸었다.
얼마나 걸었을까.
....
길이 희미해져갔다.
길이 사라지지는 않았다.
길이 희미해져갔다.
길이 사라지지는 않았다.
소년의 피흐름이 희미해지는건
　　　아니였다.
붉은 사막이 사라지지는 않았다.
붉은 해는 사라졌다.
저 먼 지평선너머로...

61

붉은 사막이였다.
넓디 넓었다.
조그만 점이 움직였다.
점이 점점 가까워졌다.
소년이 걷고있었다.
그의 발자국이 이어졌다.
바람이 지나갔다.
멀어진 발자국이 바람에 날려서
사라졌다. 하나씩 하나씩
사라졌다. 그의 발자국을 남기지
않으려는듯 바람은 소년의 뒤를
따랐다. 바람은 그치지 않았다.

62

붉은 사막에 붉은 해가 떠올랐다.
소년은 해를 살피며 걸었다.
소년은 잠시 비틀거렸다.
어지러웠다. 어지러웠다.
얇은 바람이 지나갔다.
피부에 스며 빠져나가는듯 하였다.
소년은 걸었다. 또 걸었다.
붉은 사막이 어둠으로 빠져들었다.
눈을 떴다. 길은 없었다.
해를 살피며 또 걸었다.
해가 제자리를 지키는건 아니였다.
소년은 해를 등졌다.
해가 질 때는 마주하였다.
그런데 눈을 떠니,
자신이 길위에 있었다.
....

어지러웠다.
소년은 비틀거리며 길을 나섰다.
길을 나섰다.

63

사막에 소년이 있었다.
소년은 사막에 있었다.
그리고... 그리고...
사막과 소년이 잊혀졌다.

64

....

외로움으로 외롭지 않다

00

사막이다.
사막이였다.
끝없는 사막이였다.
발자국이....
발자국이 찍혔다.
소년의 발자국이 찍혔다.
백년 후에 소년의 발자국이 찍혔다.
....

4

눈사람 발자국

참 할 말이 없다. 그간 숱한 출간을 하였지만 번번이 실패만 거듭하였다. 그러기에 무슨 말이 있으랴, 벼룩의 낯짝이라도. 젊어서 왕성한 머리숱은 이제 허허벌판이 되어간다. 마음이 더 허허로운건 당연한 이치다.

많은 이들이 나를 의심하였다. 정말 글 쓰는 사람 맞느냐. 인상이 전연 아니란다. 더하여 문법도 모르는 사람이 무슨 글을 쓰느냐고, 제법 솔직한 얼굴로 지적을 마다하지 않는다. 맞는 말씀이다.

글 쓰기 보단 글 그리기가 더 어울린다. 문장을 만들기 보다는 통찰된 지혜를 전달하는 데 주력하였다. 그러다보니 문장은 고사하고 통찰은 통과의례용이고 지혜는 지리멸렬로 전락하였다.

인간이 지금의 경이로운 육체를 지니기까진 숱한 세월동안 점진적 발달 축적에 있듯, 인간의 지금의 신비로운 정신도 그러한 계단을 걸쳐 내려왔다. 학문적 철학을 열거하지 않더라도, 주변의 생활철학에서 볼 수 있다.

'개똥도 약에 쓰려면 보이지 않는다.'

전자가 표면적 철학이라면, 후자는 내면적 철학을 간단히 요약하고 있다.

'개똥에 뒹굴더라도 이승이 낫다.'

이러한 고매한 정신을 지닌 인간들이 현금엔 육체적 재미에 지나치게 몰려있다. 비근한 예로, 책도 첫째 재미, 둘째 재미, 셋째도 재미다. 맞는 말이다. 그렇지만 하나 더 추가할 사항이 있다. 재미 다음으로 마지막에는 뭔가 남겨져야 한다. 바로 그거다. 인간성 회복을 위하여. 아쉽게도 작금에는 그게 현저히 외면상태에 있다.

필자의 책이 늘 어렵다고 한다. 달리 말하면, 재미있게 쓰지를 못한다는 질타의 원성을 우회적으로 왜곡하였다. 스스로 비참하지만 수긍한다. 그렇지만 인간의 정신이 지금에서 머물려있기를 바라는 인간은 아무도 없다.

필자의 글이 혁신적인 철학이라고 우기진 않는다. 지나간 철학을 필자식으로 편집하였을 뿐이다. 첫째 둘째 셋째 다 재미없다. 그렇지만 마지막으로 뭔가 남기기는 한다. 그게 인간의 정신발달에 기여하리라 본다.

상품적 가치로 본다면 형편없다. 그것도 인정한다. 그건 상품으로서의 포장기술에 서투른 필자의 한계다. 시대에 맞지 않는 포장이지만 언젠가는 누군가는, 그걸 알아보리란 믿음으로 한번 더 어리석은 출간을 하기에 이르렀다. 바로 그거다. 사람의 진정한 숨이다.

한편 우습기도 하였다. 아인슈타인보다는 과학선생님이 더 박식하시고, 베토벤보다는 음악선생님이 더 박식하시고, 피카소보다는 미술선생님이 더 박식하다. 그러니 내가 국어선생님이 아닌데 어떠하랴.

젊어서 천재로 불렸다. 천재란 노력하지 않아도 천재로 머물려 있는 줄 알았다. 그게 실패였다. 노력하지 않은 천재는 없었다. 사람의 걸음도 갓난아기 때 수많은 걸음마 연습과 체력 보완으로 이루어졌다. 아무리 이유 있는 독선이라도 천재 제 혼자선 존립할 수가 없다.

애초에 보석은 없었다. 흙에 파묻힌 보석을 알아보지 못한 게 아니라 보석자체가 보석이 아니였다. 하물며 보석도 오랜 갈고 닦음 후의 산물이란 걸 뒤늦게 깨달았다.

보석이란 건 다수에 의해 정해지는 것일 뿐 따로 존재하는 건 아니였다. 그러니 보석에 문제가 있는 것도 아니고, 다수의 의견에 문제가 있는 것도 아니였다. 오직 내 자신만이 문제였다. 시대에 합류하지

237
눈사람 발자국

못한 자기 자신이 문제였다. 괴리감을 메울 수 있는 건 우연이 아니라 노력의 산물인 것을 미처 몰랐으랴.

유난히 개를 좋아하는 사람들은 거의 빠뜨리지 않고 주장한다. '사람은 배신하지만, 개는 배신하지 않는다.'

개를 사람으로 격상시켜 주어서 고마운 말이지만 아전인수에 지나지 않는다. 사람에게 개에게 하는 만큼만 사랑한다면 그 누가 배신하겠는가. 먹여주고 재워주고 똥도 치워주면서도, 방구석에서 잠만 자고 뒹군다고 구박도 하지 않는데 말이다. 상전대접 받는데 그 누가 그 헌신적인 종을 배신하랴.

더하여, 월급을 엄청 주는 개(상속견)라면 개의 똥구멍도 핥아먹을 것이다. 그걸 조건으로 광고만 나오더라도 지원자는 부지기수일 것이다. 사람똥도 약으로 쓰는데, 개똥인들 못 먹으랴. 지원자 중에선 그 월급으로 제 가족을 살리기도 할텐데, 무엇인들 못하랴. 더욱이나 그 개가 고마워서 자진해 그의 똥을 먹을 것이다.

사실 애견보단 수석이 더 좋지 않는가. 먹여주지 않더라도 가만히 재워주기만 하여도 불평 한마디 없으니 말이다. 개처럼 짖지도 않고 똥도 싸지 않는다. 개눈치 볼 필요도 없으니 말이다. 살아있지 않다고? 어찌 살아있지 않는가. 흔한 믿음의 주체를 의식해 봐라.

보석의 원석으로 비유한다면, 필자는 시답지않은 한 돌멩이에 지나지 않는다. 바위들은 따로 있었다. 삼림과 나무, 바위와 돌멩이, 위인과 범부, 그들대로의 존재이유와 존재가치에 만족하는 게 아니라, 그 이유가 분명한 걸 인식하는 동기에 명분을 둔다, 그 이름으로나마.

이미 스스로 실패자임을 인정하고 있음에랴. 사실 말은 할 줄 알지만 쓸 말이 없었고, 글을 쓸 줄 알지만 들리지가 않았다.

世上無文 人生有文

와세다 미대를 나오신 고 천재동 화백님은 필자의 초등학교 1학년 담임 선생님이셨다. 나이 90되니 더 바쁘시다며 도쿄시절(그림 그리기와 연극 활동) 회고록 집필을 시작하셨다. 끝내 완성은 못하고 돌아가셨지만, 존경심엔 변화가 없다.

필자는 태어나면서부터 몸이 약해서, 늘 약을 복용하고 보호받느라 외톨이였다. 1959년 유치원에 다녔고, 여자아이랑 어울려 무용하는 게 참 여려웠다. 1960년 초등 입학식 날 어머니를 거부하였단다. 창피하다며, 혼자 할 수 있다며.

폐결핵 약을 몰래 먹던 습관도 오랜 투병으로 인하여, 내성적인 성격이 고등학교 땐 반발심으로 일부 외향적으로 바뀌었다. 미치지 않은 놈 없다고 주장하였다. 물으면 ㅇㅇ증, 누구는 ㅁㅁ증이라고 진단하였다. 내 증세를 되물으면, 정신병명부여 집착증이고 의미부여쟁이라고 답하였다.

부모 덕을 입는 자식도 있고, 자식 덕을 보는 부모도 있다. 그러니 후배와 제자 덕을 보더라도, 그건 그만큼 그의 준비된 삶을 증명한다. 가까운 이나 먼 이나 남을 돕는 것은 그 자신을 돕는 길이다. 아무도 자신을 도와주지 않았다는 것은 남을 도와주지 않았거나 스스로 자신을 돕지 못한 결과물이다.

필자는 죽기 전까지, 〈사본〉에 매진하기로 하였다. 비록 미완성이 되더라도. 그런데 지금은 몸도 마음도 떠나있다. 그러니 팍팍한 현실에서 준비되지 않은 삶만 이어간다. 후회는 없다. 시작은 하였으니. 미련의 자락을 잡으며~

사본 3. 4-6

날자 : 사부님. 외롭나이다.

죽자 : 외롭지 않는 사람 어디 있느냐. 그러므로 외롭지 않다. 침묵은 원래
　　　없었고, 침묵을 깨는 것 자체로 침묵은 없느니라. 외로움을
　　　표현하므로 외롭지 않고, 외로움 자체론 그 누구에게도 없느니라.
　　　외로움이란 존재자체는 홀로 있을 수 없고, 누구랑 같이 존재한다면
　　　이미 존재이유가 없느니라.

날자 : 죽으면 죽음 자체가 존재하지 않는다는 말씀이군요. 죽음은 남아있
　　　는 타인들의 결론이지, 이미 죽은 자의 것은 아니다란 말씀이군요.

죽자 : 그렇느니라. 저기 산을 보아라.

날자 : 보이지 않더라도 산은 산이죠. 나무들이 있는.

죽자 : 그렇느니라. 저 산에 나무가 얼마나 많은가.

날자 : 나무는 외롭지 않군요.

죽자 : 저 많은 나무도 혼자는 외롭나니라. 그러니 나무들은 외롭지 않네.

날자 : 인간은 외로워도, 인간들은 외롭지 않군요.

죽자 : 그렇느니라. 그 외로움으로 외롭지 않느니라.

날자 : 제자신이 부족함을 느꼈기에 외로운가요.

죽자 : 오히려 제자신이 충만하기에 외로움을 느끼느니라.

날자 : 제자신이 충만한데 왜 외로움을 느끼는가요.

죽자 : 제자신이 충만하다면 이미 제자신을 떠났느니라. 바로 무아지경이
　　　니라.

날자 : 모순이 아닌가요.

죽자 : 그렇느니라 그 당연한 모순으로 정상적인 외로움을 인식하시게나.

외로움으로 외롭지 않다

날자 : 객관적인 주관을 주관으로 파악하는건가요. 주관적인 객관을 객관으로 인식하는건가요. 아니면 객관적인 주관을 객관으로 파악하는건가요. 주관적인 객관을 주관으로 인식하는건가요.

죽자 : 1 더하기 1은, 1 곱하기 1은, 등 숫자 나부랑이에 얽매이지 마시게. 보이는 대로 보고, 들리는 대로 듣고, 느끼는 대로 느끼시게. 그게 불완전한 완전일세.

날자 : 모두를 인정하면, 전체적으로 불완전하지만 개체적으론 완전하단 말씀이군요.

죽자 : 그렇느니라. 제자신의 부족함으로 외로움을 느낀다면, 그 자체로 이미 제자신을 채웠으니 제자신은 이미 없느니라.

날자 : 그게 사본이군요. 외로움으로 외롭지 않고, 슬픔으로 슬프지 않다.

죽자 : 그렇느니라. 슬퍼하지 않을 존재도 없거니와 슬퍼할 존재도 없느니라. 바로 제자신은 제자신으로 충만하느니라.

사본 3. 4-7

멀리서 침묵이 이어진다.
호수의 물이 말라간다.
자자해자 : ....
수리소원 : ....
자자해자 : 새로운 길이 새로운 길이 아니다
수리소원 : 마지막 길이 마지막 길이 아니다
자자해자 : 새로운 길이 마지막 길이다
수리소원 : 마지막 길이 새로운 길이다
자자해자 : 새로운 날이 마지막 날이다
수리소원 : 마지막 날이 새로운 날이다
자자해자 : ....
수리소원 : ....

외로움으로 외롭지 않다

끝으로, 단군(daanguun)의 이름은 단이(daanee)였다. 그의 어린 시절의 모습들이 만화로도 그려지기 바란다. 그의 짝꿍은 양이(yangee)였다.

- 2년전, 직장암 진단을 받기전, 뉴욕에서

MEMO...

MEMO...

저자와의 협약에 의해 인지를 생략합니다

외로움으로 외롭지 않다

초판 1쇄 인쇄 / 2019년 7월 25일
초판 1쇄 발행 / 2019년 7월 31일

지은이 / 서현수 (뉴욕 거주)
sahbon1@yahoo.com
sahbon8@gmail.com
펴낸이 / 연규석
펴낸곳 / 도서출판 고글
ISBN 979-11-85213-85-9 03810

서울특별시 용산구 한강로 2가 144-2
등록 / 1990년 11월 7일(제302-000049호)
전화 / (02)794-4490, (031)873-7077

값 10,000 원

※ 잘못된 책은 판매처에서 교환해 드립니다.